Heinz-Eugen Schramm

Tübinger Gogen-Witze

Die Originalausgabe seit 1928

Gogen-Witze

Die „klassische" Sammlung
garantiert waschechter, würziger
Gogen-Witze, als allgemeinbildender
Beitrag der Tübinger Weingärtner zur
Weltliteratur sach- und ortskundig
in gültig-endgültige Form gebracht,
erweitert und herausgegeben von
Heinz-Eugen Schramm

Verlag Karl Knödler
Reutlingen

Originalausgabe seit 1928. 52. Auflage 1984
256.–260. Tausend

Printed in Germany 1984
Herstellung: Druckerei Harwalik KG, Reutlingen
ISBN 3-87421-099-5

ZUR MORALISCHEN VORBEREITUNG

Wie amtlicherseits verlautet

„Bekanntlich ist der Tübinger Weingärtner ein ens sui generis (Wesen besonderer Art) und als solcher nicht wohl definierbar. Von ausnehmend hartem, zähem Stoffe leistet er in der Arbeit Außergewöhnliches und repräsentiert nahezu eine mittlere Pferdekraft, ermangelt aber dafür aller jener Gefühle, welche man unter dem Begriff Pietät zusammenfaßt. Den Geist der Zeit hat er in seiner Weise glücklich aufgefaßt, denn er steigert seine Ansprüche an die Gesellschaft gleichen Schritts mit der Fortbewegung der Zeit, legt aber eine außerordentliche Empfindlichkeit und Abneigung gegen die Ansprüche an den Tag, welche andererseits an ihn gemacht werden wollen. Stoff und Form seines Daseins wußte er gegen den Schliff der Zeit mit solchem Erfolg zu wahren, daß man oft glauben möchte, es sei zwischen seinem Wohnsitz, der untern Stadt, und dem Musensitz in der obern, nicht etwa eine chinesische Mauer, sondern ein breites Hochgebirge herübergepflanzt."

Aus der „Oberamtsbeschreibung von Tübingen" 1867

Wissenschaftlich ungelöst

Was die Necknamen „Gog" und „Raup" betrifft, so hat die Forschung hier bisher versagt. Weder Herkunft noch Bedeutung liegen nachweislich fest.

Immerhin ist der „Raup" bereits für das Jahr 1576 auf einem Stammbuchblatt bezeugt, die Studenten erscheinen in diesem Zusammenhang als „Gerstensäck". Im übrigen ist dieser Übername ausschließlich auf den Berufsstand der Weingärtner bezogen, im Gegensatz zum „Gogen", der ganz allgemein den ländlichen Bewohner der Tübinger Altstadt, der sogenannten „Gogei" oder „Gogerei" meint. -- Das der Name Raup von der Schädlingsbekämpfung in den Weinbergen, dem „Abraupen" abzuleiten ist, erscheint „verzwungen", viel naheliegender ist es, den „Raupen" auf das Eigenschaftswort „ruppig", auf den Rauhbauz zurückzuführen.

Der „Gog" indessen dürfte um einiges jünger sein. Eben deshalb ist es unwahrscheinlich, daß er sich von St. Georg, dem Schutzpatron der Tübinger Stiftskirche, oder vom biblischen „Gog und Magog" der Geheimen Offenbarung ableiten läßt. Hier stehen auch laut- und sprachgeschichtliche Gründe dagegen. Auch die Deutung, der „Gog" gehe auf das hebräische „Goj" = Volk im Sinne von Pöbel zurück, der Neckname sei also von theologischer Seite abwertend für die sozialschwache Bevölkerungsschicht der „unteren" Stadt geprägt worden, wäre nur dann überzeugend, wenn nachzuweisen wäre, daß es sich um einen Übernamen aus der Zeit *vor* dem 18. Jahrhundert handeln würde.

Viel eher könnte der „Gauch", der Kuckuck, der als unverfrorener Schelm seine Eier in fremde Nester legt, hier Pate gestanden sein, wobei zu bemerken wäre, daß man die Abstammung der Gogen einige Zeit lang allen Ernstes mit einem Hunneneinfall in Verbindung gebracht hat. — Denkbar freilich wäre auch, daß die „Gogen" auf ein zwar abgegangenes, aber immerhin noch im vorigen Jahrhundert für Pfäffingen bei Tübingen bezeugtes Zeitwort „gagen" zurückgehen, das — vom Vokal her wie „Gogen" (also mit einem zu a hinlautenden o) ausgesprochen — das Quaken der Frösche bezeichnet hat. Hier könnte es sich um eine Anspielung auf die eigentümlichen Kehllaute der Tübinger Weingärtner handeln, die den Bewohnern der Nachbarorte willkommenen Anlaß zum Spott gegeben haben.

Sei's drum: Gwieß woiß mr nix, ond des isch au ebbes!

Das „Raupenfest“

Daß die Tübinger Weingärtner dereinst ein eigenständiges Brauchtum hatten, bezeugt schon im 16. Jahrhundert der Tübinger Professor und schwäbische Chronist Martin Crusius. So feierten sie – als protestantische Württemberger!! – ausgerechnet einen Tag nach Aschermittwoch ihr „Raupenfest“. Max Eifert beschreibt es 1849 in seiner „Geschichte und Beschreibung der Stadt Tübingen“ folgendermaßen:

„Am Donnerstag nach Fasnacht von Mittags zwölf Uhr an fand ein feierlicher Umzug der Weingärtner statt. Voraus wurde ein Kreuz getragen, an einem Arm desselben eine Brezel, am andern ein Häring, obendrauf eine Flasche. Im Festkleid, aber mit Butten und Hauen, folgten die Weingärtner. Es sollte damit die Zeit der wieder beginnenden Arbeit begrüßt werden. Hinter den Alten kamen die Jungen in zwei Haufen an den beiden Enden eines langen Seiles, an dem sie sich gegenseitig hin und her zerrten. Die einen zogen, und die anderen ließen nicht fahren, so daß der Zug bald vorwärts, bald rückwärts ging. Dadurch sollte des Rebwerks Art und Wesen abgebildet sein, das bald hinter sich, bald für sich gehet, jetzt glückt, jetzt zurückschlägt, immer aber earnet (erarbeitet) sein will. Um jedoch das Vorzeichen nie unglücklich werden zu lassen, wurde doch immer der stärkere Haufen voran ans Seil gespannt, und wenn die Jungen gar zu sehr im Nachteil waren, so wandten sich wohl auch die Hintersten der Männer um, sie ‚nache‘ zu ziehen.“

Der Gogen-Witz als Markenartikel

Im Bereich des schwäbisch-alemannischen, aber auch des gesamten deutschen Sprachraums nehmen die Tübinger Gogen-Witze mit ihrer schwerlich zu überbietenden Grobheit, ihrer sprachschöpferischen Treffsicherheit und makabren Pietätlosigkeit eine unumstrittene Sonderstellung ein. Außer Berlin, Hamburg und Köln oder auch Wien und Bern dürfte kaum eine andere Stadt – schon gar nicht in der Größenordnung von Tübingen – mit einer derart umfangreichen lokalbezogenen Anekdoten-Sammlung aufwarten können. (Daß es sich dabei z. T. um erst nachträglich nach Tübingen verlegte „Wanderwitze" handelt, sei gerne zugegeben; denn das trifft schließlich für alle derartigen Anekdotensammlungen zu.)

Der Grund für diese Sonderstellung ist letztlich – so ausgefallen das klingen mag – in der Gründung der Universität durch den Grafen Eberhard im Bart anno 1477 zu sehen. Der Gogen-Witz ist nämlich nichts anderes als die gesunde Reaktion einer selbstbewußten bäuerlichen „Ur"-Bevölkerung gegen den ihr übertrieben dünkenden Machtanspruch der Wissenschaft. Mit anderen Worten: Die Tübinger Wengerter, die sogenannten Gogen oder Raupen – bzw. ihre bodenständig gebliebenen Nachfahren – pflegten und pflegen sich auch heute noch gegen das anmaßende Gehabe und Getue gewisser Akademikerkreise mit elementarer Grobheit zur Wehr zu setzen.

Die anrüchigen – Verzeihung! – Scheißbrühleerer-Witze z. B., die man im Schwäbischen sonst nirgendwo findet, sind letztlich nur aus dieser, auf die besonderen sozialen Verhältnisse in Tübingen bezogenen Sicht zu verstehen. Professoren wie Studenten, die zudem – auch das noch!! – zu einem erheblichen Teil „hereingeschmeckt", also Nichtschwaben sind, soll auf solch drastische Weise beigebracht werden, daß sie trotz hoher Geistesgaben eben auch nur Menschen, nichts als Menschen sind.

Die „Gogen-Witze", vereinfacht „G.-W." genannt, erschienen – von König Wilhelm II. von Württemberg gnädigst sanktioniert – erstmals im Jahre 1916 in gedruckter Form, und zwar anonym herausgegeben als Liebesgabe für die Soldaten im Feld. Seither ist das Bändchen immer wieder neuaufgelegt, überarbeitet und erweitert worden, und man kann ohne Übertreibung sagen, daß es in Tübingen das meistver- und -gekaufte Verlagswerk dieses Jahrhunderts ist, ein Bestseller, den nicht zu kennen, selbst in „besseren" Kreisen geradezu als unverzeihliche Bildungslücke gilt.

Daß die „Tübinger Gogen-Witze" inzwischen auch akustisch in Form von fünf Schallplatten auf dem Markt sind — musikalisch umrahmt übrigens vom Weingärtner-Liederkranz, dem Trompeterkorps der Stadtgarde zu Pferd und einem Studentenchor — dürfte einem echten zeitgenössischen Bedürfnis entsprechen: Auf daß wir im Kampf wider den tierischen Ernst das Lachen nicht verlernen!

Und damit empfehlen wir dieses — nicht gerade für „höhere Töchter" bestimmte — Bändchen dem Wohlwollen einer für urwüchsigen Volkshumor aufgeschlossenen Leserschaft —, nicht ohne zuvor noch auf eine Tafel verwiesen zu haben, die — aufgestellt an einem der wenigen noch vorhandenen Tübinger Weinberge — die Aufschrift tragen könnte:

BETRETEN AUF EIGENE GEFAHR!

Dr. Heinz-Eugen Schramm

WIDMUNG ZUR ERSTAUSGABE 1916

Heute sind es ganz besondere Liebesgaben,
Die nicht den Leib, die bloß die Seele laben
Mit derber, starker, würz'ger Kost,
Erheit'rung bringend, Kurzweil, Trost.

Nicht Pfefferwürste sind's, nicht Hafergrütze,
Was ich euch biet', sind lock're Gogenwitze,
Gesalzen, just wie jene stark,
Gepfeffert auch mitunter arg.

Und solltet Feinheit des Geschmacks ihr missen,
Die Witze lesend auf dem Ruhekissen,
Wägt mit der Goldwaag nicht so scharf,
Was ich in müß'ger Stunde hier entwarf.

Denkt an die Raupen, an ihr rauh Gewand,
An ihre Art, bekannt im ganzen Land,
Wenn ihr dies lest: nehmt's wie sie sind,
Verzeihend ihnen wie auch mir die Sünd!

Romeo

RAUH ABER HERZLICH

Di schlag i aogspitzt en Grondserdsbode nei, daß de onser Herrgott mit dr Beißzange wieder rausziage muaß!

Dir schlag-e's Kreuz a', du Goldpärmee, du verfaulte!

Was host gsait? – Du bist doch dr traurigst Kerle, wo uf Gottes Erdbode omenanderlauft! – Narr, we-mr bei dir gnau guckt, noh ist d'Hebamm noh net zahlt!

O Kerle, wenn-e de net so guat kenne tät, noh tät-e dr ois uf dein viereckete Gsälzhafe nuf haue, daß de d'Engel em Hemmel dobe senge haire köötest!

Des ist e baise Schendmär, dui ist net emol en dr Sentflut verreckt.

Mändle, wenn de jetz dei saudomme, aogwäschene Malefiz-Gosch net hältst, schlenker de i an de nächst best Wa(n)d na, daß de d'Leichefrau mit-em Blechlöffel a'kratze muaß.

Wenn de jetz net glei guat tuast, noh schlag-e dr ois en d'Gosch nei, daß dr d'Zäh sektionsweis em Galoppmarsch de Hals na'klapperet!

Di schlait mr gaoh an Deez na, du Lomp, du verruachter! – Komm no doher, noh bist des Todes!

Wenn-e me et scheniare tät vor de Leut, tät-e dr grad de Kopf ra'reiße.

Siach, elendiger! Du host scheints schao lang koi Kandelwasser maih gsoffe!

O du Hamballe, aus dir kööt mr glatt drei Halbdackel mache!

Narr, bei dir woißt mr au net, brauchst du dein Hond zom Schuldefresse oder zom Kreditbelle!

Halt dei Gosch, du Dickkopf, oder i schlag dr ois uf dei Riebele nuf, du Regemoloch, du!

Halt Mändle! Do wurd bliebe – ond wenn dr dei Arsch zeahmol mit Grondeis goht!

Kerle, wenn i en Arsch hätt wia du e Gsicht, schäme tät-e me sogar beim Scheiße!

Des ist e Kerle, dem sei Hirn ghairt uf dr Freibank ausghaue ond als Schadefloisch verkauft!

Kerle, wenn de koine Aohre hättest, noh gäng dr d'Gosch om de ganze Grend rom!

's ist bloß schad, daß so e gscheiter Möckel wia dr dei au emol verfaule muaß.

Du wärest aohne Kopf au schöner.

Du bist e Kerle wia mei Ottole, ond den hent d'Geitle (Entlein) vertappet.

Wenn du so lang wärest wia domm, noh töötest aus dei's Vattes Dachrenne saufe ond müaßtest de sogar noh bucke.

We-mr di vo weitem sieht, noh moint mr, 's komm' e Rendviech, wenn de aber näher kommst, noh isch e Tatsach.

Du hosch guat, wenn de stirbst: Du brauchst de Goist net ufz'gea!

Ha, di soll doch dr Blitz beim Scheiße verschla'!

Kerle, wenn mr dir e Stuck Zwiebel en d' Gosche steckt, ist dr Ochsemaulsalat fertig!

Zwei Raupen haben Streit und gebrauchen dabei nicht gerade die allerfeinsten Ausdrücke. Als schließlich dem einen die Worte auszugehen drohen, trumpft er auf: „Ond des, was mr net eigfalle ist, bist au noh!"

Ein Fremder, der von der Urwüchsigkeit der Tübinger Gogen gehört hat, knüpft mit einem solchen ein Gespräch an und bemerkt: „Sie haben einen ausgesprochenen Charakterkopf." – Da sich der Gog unter einem Charakterkopf nichts vorstellen kann, befragt er sich einige Zeit später bei einem Nachbarn. – „Tuat mr loid, Karle, do be-n-e überfrogt, des woiß i au net", antwortet dieser. – „'s ist au wurst", meint darauf der ‚Charakterkopf', „– – für älle Fäll hao-n-em zur Vorsorg oine bache (ihn geohrfeigt)."

Der Christian und der Gottlob, bisher gute Freunde, geraten in Streit, der nach akademischem Brauch durch ein „Duell" geschlichtet werden soll. Anderntags treffen sich die beiden auf dem Kampfplatz im Freien mit Wengertpfählen bewaffnet. Der Gottlob schreitet die Entfernung ab und sagt: „So, jetz ka's laos gaoh. Oiner vo ons zwee muaß uf-em Platz bleibe!" – Darauf meint der Christian: „Guat, Gottlob, noh bleibst du uf-em Platz – ond i gang hoim!"

Der Heiner zum Frieder: „Was isch: – Sottet mr net au emol ge' Stuagert na' zom Nill (Nills Tiergarten)?" – Meint der Frieder: „Gang net, i rot dr's en guatem! – Sei Orangutang ist neulich verreckt, ond sell Käfig stoht älleweil noh leer."

Ein vom Feld heimkehrender Raup läßt seinen Karren vor dem Haus des Nachbarn stehen. Dieser ruft erbost: „Karre weg!" — Antwort: „Ranze vool!"

Zwei Raupen haben bis morgens nach 2 Uhr miteinander herumgesoffen. Auf dem Heimweg bekommen sie Händel, und der eine beißt dem andern einen Finger ab. Beim Verhör hält der Richter dem Täter diese Roheit vor und weist auf die bisherige gute Kameradschaft der beiden hin. Erwiderung: „Ha, was tuat denn der mit seim Fenger en meiner Gosche dren des Morgens am halber drui?"

Bei einer Schlägerei wird einem Gogen ein Auge ausgeschlagen. In der Gerichtsverhandlung soll der Hergang vom Übeltäter erzählt werden. Dieser läßt sich also vernehmen: „Ha, hoher Gerichtshof, mir hocket ganz friedlich om de Tisch rom em ‚Löwe', uf oimol — guck-e rom, guck-e nom — hangt dem Gottliab 's lenk Aug' raus."

Ein rabiater Wengerter wirft seinem Weib die brennende Öllampe an den Kopf und bringt ihr eine Stichwunde bei. Der behandelnde Arzt in der Klinik fragt, ob ihr Mann sie denn habe umbringen wollen. Darauf antwortet sie: „Ha, z'taotschla' grad net. Des ist net bais gmoint gwea. Se wisset jo, Herr Professer, wia dia Sauraupe send."

Ein Raup wurde von einem andern gottslästerlich verprügelt. Er erzählt im Wirtshaus: „Bald lag ich unten, bald lag er oben. — I aber net faul, schlägt mir der Denger e Donderschlächtige an Backe na."

An der alten Neckarbrücke entstehen beim Kiesaufladen Händel, wobei ein Fuhrmann dem andern mit der Schaufel so kräftig auf den Kopf schlägt, daß dieser bewußtlos umfällt. — Bei der nachfolgenden Gerichtsverhandlung zur Rede gestellt, erwidert der Angeklagte: „Herr Amtsrichter, i hao schliaßlich net wisse könne, daß der Ma' so e liadrigs Hirnle hot."

Ein Gog im Streit zu einem andern: „Narr, du host jo koin Vatter!" Antwort: „Jo maihnder (mehr) weder denn daß du!"

Nach einer Schlägerei in der unteren Stadt mußte ein Arzt verschiedene der Streithämmel nähen und zusammenflicken. Bei einem schien ihm jede ärztliche Kunst vergeblich, weshalb er diesem nur noch eine schmerzlindernde Spritze verpaßte. Am andern Morgen ging er — den ausgefüllten Totenschein in der Tasche — in das betreffende Haus und fand die „Leiche" recht frohgemut beim Frühstück. Kopfschüttelnd sprach er einem Nachbarn gegenüber seine Verwunderung über dieses „medizinische Wunder" aus. Dieser aber meinte: „Oh, Herr Dokter, eb Eahne so e Raup sei Hirn net en dr Kapp daherbrengt, ist koi Gfohr em Verzug."

Der Christian hat's eilig. Auf der Neckarbrücke begegnet ihm der Gottlieb. Dabei ergibt sich folgender Wortwechsel: „He, Christe, wona so schnell? — Antwort: „Ge' Stuagert!" — „ Was tuast do?" — Antwort: „En nuie Arsch kaufe." — „Worom des?" — Antwort: „Mei alter hot e Loch!"

Zwei Nachbarinnen, die schon ältliche Pauline und die noch jugendliche Karoline, leben in schlimmster Feindschaft. Sie wohnen sich in einem engen Gäßchen gegenüber. Eines Tages zeigt die Junge der Älteren zum Gaudium der Nachbarschaft als Zeichen besonderer Hochachtung von ihrem Fenster aus die blanke Kehrseite. — Der pflichtschuldigst wegen „groben Unfugs" einschreitende Schutzmann schreibt darüber eine Anzeige mit dem Schlußsatz: „Hierauf streckte die ledige 19 Jahre alte Karoline Roller ihr Gesäß barfuß zum Fenster hinaus."

Der Haugen-Karle pariert die bekannte Invitation des Götz von Berlichingen mit dem Hinweis: „Vor mei'm ist au koi Gitter!"

Der Gottlob kommt heim und erzählt seinem Weib, daß er heute in einem bösen Dilemma gewesen sei. — „Wo bist gwea?" fragt sie. „E'me Dilemma", wiederholt er und berichtet: „Also, do ist doch dusse em Wengert dr Schwoger, dr Wilhelm, komme ond verlangt, i soll-em mei Hope (Rebmesser) leihe. — Do hao-n-e denkt: Gib i se'm, noh hao-n-e se gsehe, gib i se-m net, noh ist d'Feindschaft do. En dem Dilemma hao-n-e de goldene Mittelweg gwählt ond gsait: Leck me am Arsch!"

Bei einem heftigen Disput steht einer vom Stammtisch langsam auf, um zu gehen. Erbost schreit der Gegner ihm nach: „Du mi au!" — „Guat verrote!" ist die Antwort.

Zwei Gogen haben einen scharfen Wortwechsel, der damit endet, daß der eine dem andern die Aufforderung des Götz von Berlichingen zuruft. „Tuat mr loid", erwidert der andere, „des hao-n-i für heut schao e're andere Sau versproche!" (Variante: „Narr, des tät i net, ond wenn-er mit Zucker bstreut wär!")

Eine Steigerung erreicht der Frieder mit der Einladung an den Hemme: „Leck me am Arsch — heut stenkt-er reacht!" — Doch der Hemme ist auch nicht aufs Maul gefallen, schaut seinen Stammtischbruder geringschätzig an und meint: „Du mi aber net, dazu ist mr dei Zong z'dreckig!"

Ein Raup, der seinen Frühschoppen über die Mittagspause hinaus ausgedehnt hat, kommt verspätet nach Haus, wo ihm sein Weib das Mittagessen hinstellt — eine rote Wurst und Kartoffelsalat. Da meint der Raup unwillig: „Dei Krommbiaresalat ist jo furztrocke"; darauf das Weib: „Lomp, elender, wärst beizeit hoimgange! Vor-er halbe Stond ist-er noch soichnaß gwea."

Der Hannes und sein Weib, die Anna, werden im Wengert von einem schweren Unwetter überrascht. In einer baufälligen Gerätehütte finden sie notdürftig Unterschlupf. Der Himmel verdunkelt sich, es blitzt, donnert und hagelt, als ginge die Welt unter. In ihrer Todesangst kommen sie überein, sich gegenseitig ihre Sünden zu bekennen. Nach einigem Hin und Her macht er wohl oder übel den Anfang und gesteht einige Verfehlungen gegen die eheliche Treue ein. — Die Anna ist empört: „Daß du e liadricher Kerle bist, hao-n-e zwor gwüßt, aber für so en Allmachts-Tropfe hätt-e de noh doch net ghalte. — Trotzdem, en onserer jetzige Lag will-e dr's halt verzeihe." — Erleichtert atmet er auf und meint: „So, Weib, aber jetz bist du dra'! Verzähl emol du, was du älles bosget host, seit mr gheirot' send." — Sie aber deutet auf den sich aufklärenden Himmel und meint: „Leck me am Arsch, do hente kommt's heller!"

Wissen Sie eigentlich, daß der Herausgeber auch Gründer und Leiter der Tübinger „Götz von Berlichingen Academie zur Erforschung und Pflege des Schwäbischen Grußes" ist. Sie können ihn jederzeit um Informationen bitten.

Der Harro, der Hund des Christian, hatte vom Ladentisch eines Metzgers ein großes Stück Schwartenmagen gestohlen und rannte mit der Beute davon. Erbost schreit der Metzger dem Christian zu, er möge doch seinem Hund pfeifen. — Da meint der Christian gelassen: „Leck me am Arsch, pfeif doch du deim Schwartemage!"

Der Krämerskarle hält einen Papagei, den er fast noch höher einschätzt als sein Weib, das er schlecht behandelt. Eines Mittags, die Suppenschüssel ist aufgetragen, setzt sich der Vogel auf den Rand derselben und läßt etwas in die Suppe fallen. Der Mann lacht darüber, sein Weib aber bemerkt erbost: „Du lachst ob deim Papagei; i wött no au sehe, wia mir's ging, wenn i mir so ebbes hätt z'schulde komme lao."

Im Weilheimer Kneiple sitzt ein Gog bei einem Glas Wein und schimpft und wettert wie ein Rohrspatz über die verdammten Steuern, über das Finanzamt und den Staat. Ein norddeutscher Student, der sich diese Schimpfkanonade geraume Zeit mitangehört hat, fragt den Gogen schließlich, wieviel er denn eigentlich an Steuern zu entrichten habe. – „E Heidegeld", erwidert da der Gog, „faif ganze Mark, wenn Se's genau wisse wöllet." – Als er aber kurz darauf von dem Studenten diesen Betrag als Geschenk auf den Tisch gelegt bekommt unter der Bedingung, fortan nicht mehr so lästerlich auf den Staat zu schimpfen, fährt er in gekränktem Stolz hoch, schiebt die fünf Mark weit von sich und ruft ins überfüllte Lokal: „Moint des Mändle, mr laß sich sei Reacht ufs Schempfe abkaufe – om lompige faif Märker!"

Der „Burengeneral", ein bekanntes Original, war wegen ausstehender Steuern aufs Finanzamt geladen worden und gab vor, nicht zahlen zu können. „So, Geld hent se kois", meinte da der Beamte, „noh müaßet se halt e Wies' oder en Acker verkaufe." – Ei, da kam er beim Burengeneral aber an den Lätzen. „Waas", schrie der, „waas?! I soll weage uich e Wies oder e Äckerle verkaufe?! – Verkaufet doch ihr's Finanzamt!"

Zwei Raupen sitzen beim Zacharias Krauß in der Besenwirtschaft und probieren den Neuen. Sagt der eine: „Mir isch heut gar net guat, 's fährt mr älleweil so saudomm em Bauch omenand; i woiß net, i glaub fast, i muaß zom Dokter." – Erwidert der andere: „Ha, mach no koine Gschichte! Wer wird au glei zom Dokter sprenge? – Narr, des ist bloß e verirrter Furz, jo, ond bei deim Arschbackegsicht woiß der jetz net, ob-er obe oder onte naus soll!"

Ein Gog wird auf dem Österberg vom Blitz gestreift und fällt, der Gartenstraße zu – die Weinbergstaffeln hinunter. Auf die Frage an den behandelnden Arzt, was es dem Mann getan habe, antwortet dieser: „Dem? – Nix hot's dem do; wenn's no em Blitz nix do hot!"

SEINEN WEIN SCHENKT AUS

Nach dem Grund für die Benennung *„Raup“* befragt, gibt ein Wengerter seinem Sprößling eine ausweichende Antwort und schließt mit der Ermahnung: „Daß du mir aber fei nia ‚Raup‘ saist, Bua!“ — Einige Tage später — Vater und Sohn arbeiten im Wengert — kriecht eine Schmetterlingsraupe am Ärmel des Vaters hinauf. Da ruft der Bub: „Vatter, luag au, an dir lauft e *Wengerter* nuf!“

Anrede in einer Wahlversammlung: „Meine sehr geehrten Herren Weingärtner!“ — Ein Gog: „Des kennt mr, heut se-mr die Herren Weingärtner ond morge noh wieder d'Sauraupe!“

Ein Professor beginnt seine Rede ebenfalls mit „Meine lieben Herren Winzer“. Es kommt zu empörten Zwischenrufen: „Was se-mir?“ — „Wia hot der ons ghoiße?“ — „Reisset-en ra' vo seim Postamentle, den mit sei'm Pfirsichköpfle und seire Rettichgosch!“

Ein Student bittet einen herbstenden Weingärtner um einige Trauben. Dieser entgegnet: „Jo, sell glaub-e, em Sommer send mr d'Raupe ond em Herbst do wönt-er Traube!“

Ist der Jahrgang gut ausgefallen, wirft sich der Christian stolz in die Brust und erklärt: „Aber gell, den hao-n-e wieder na'brocht! — Oiges Gwächs, hano!“ — Ist der Jahrgang jedoch nicht besonders gut geraten, so stellt er sachlich fest: „So hot-en onser Herrgott wachse lao!“

„D'Hauptsach ist, daß d'Hauptsach d'Hauptsach ist, des ist d'Hauptsach“ hot dr Frieder gsagt ond 's sechste Viertele bstellt.

Wenn die Weinlese gut ausgefallen ist, stellen die Tübinger Wengerter einen Kübel voll Wein ans Bett und trinken nachts, wenn sie aufwachen, mit dem Schöpflöffel daraus. – Ein Gog zu seinem Weib: „Du, Alte, wenn i Durst hao, weckst me au!" – Erwidert das Weib: „Ja, wenn host denn Durst?" – Er trocken: „Ha, wenn de me weckst."

Der „Tübinger" ist wieder einmal besonders gut geraten, und man sitzt in einem Besenwirtschäftle beisammen. Meint der Gottlieb: „Karle, vo heut ab *trenk* i nix maih!" – Erstaunt blickt der Karle den Gottlieb an: „Ha, sell wär! Bist du denn krank?" – „Laß me doch ausschwätze", gibt der Gottlieb hinaus, „vo heut ab wurd bloß noh *gsoffe*!"

Die uralte Neckerei zwischen den Tübingern und den Reutlingern über die Qualität ihrer Weinbergerzeugnisse: „Sei no still", sagt der Reutlinger, „dei Wei reißt oim jo e Loch en de Mage!" – Darauf der Tübinger: „Was tuat's? Dei Racheputzer zuiht des Loch jo wieder zsamme!"

Eine andere Version in Versen:

Der Tübinger, der kratzt und beißt,
als wenn e Katz de Hals nakreist (kriecht);
beim Reutlinger, do isch oim ganz,
als ziag mr se wieder ruf am Schwanz!

Dazu ganz nebenbei eine „verbürgte" historische Begebenheit: Prinz Eugen der Edle Ritter war einmal in der freien Reichsstadt Reutlingen zu Gast, wo ihm zum Willkommen ein Pokal einheimischen Weins (Spätlese) kredenzt wurde. Erbleichend setzte er schon nach dem ersten Schluck ab und flüsterte seinem Stab zu: „Lieber ein zweites Mal Belgrad erobern ...!"

Wo's Saufe' e-n-Ehr ist,
ist's Kotze' koi' Schand!

Der Emil, einer alteingesessenen Tübinger Weingärtnerfamilie entstammend, hatte — alle wohlgemeinten Warnungen in den Wind schlagend — eine wohlhabende Reutlingerin angelacht und geheiratet. Sie brachte neben einigem Geld auch ein 200-Literfaß voll des besten Reutlinger Weines mit in die Ehe. — Nach Ablauf der Flitterwochen befragt, wie es ihm gehe, meint er freimütig: „Mr lernt halt nia aus. Emmerhe woiß-e jetz, was mr onter Mit*gift* verstoht!"

Im Herbst fuhren die Reutlinger Weingärtner ihre Trauben in Säcken zur Kelter. Bei einer solchen Fahrt fällt ein Sack herunter und die Wagenräder gehen drüber hinweg. Das „Hi'schhö'nle" (Neckname für die Reutlinger) lamentiert schrecklich über den entstandenen Schaden. Ein Gog beruhigt ihn und rät, er möge doch erst einmal nachsehen, ob es den Trauben überhaupt etwas geschadet habe. Als sich beim Öffnen des Sacks die Trauben unversehrt zeigen, ruft der Reutlinger hocherfreut aus: „Gott Lob ond Dank! Koi gotzigs Beerle ist verdruckt!"

Ein Reutlinger Weingärtner, auch „Huser" genannt, zieht einen Gogen wegen der harten Tübinger Trauben auf: „Do müaßt-er halt d'Elefante vom Hagebeck zom Träpple komme lao!" — „Schao reacht", erwidert der Gog, „mr hent au schao gschriebe, aber dia könnet net komme; se häbe noh wonde Füaß vom letzte Johr her, dia Elefante, wo se z'Reutleng' gwea seiet!"

Ein Taglöhner trägt Mergelerde von unten nach oben in einen Wengert. Der Akkordlohn für einen Butten beträgt 30 Pfennige. Die Zahl der Butten bezeichnet er am Sockel eines Gerätehäuschens jeweils mit einem Kreidestrich. Da kommt ein Hund daher und pißt an die Wand, so daß die Striche zum Teil weggewischt werden. — Der Taglöhner wird stutzig wegen der verminderten Zahl der Striche. Da klärt ihn der Nachbar auf: „Narr, der Bello hot halt dei Buachführeng e bißle revidiert!"

Zwei Raupenbuben beschimpfen und verdreschen sich. Der Vater des einen schaut vom Fenster aus eine Weile zu und gibt seinem Sprößling schließlich folgenden Rat: „So, Gustävle, jetz isch gnuag, jetz hoißt-en noh en ‚Reutlenger' ond lohst-en laufe!" (Das ist der schlimmste Schimpf, den ein Tübinger kennt.)

Ein Professor hat in einer Blaukreuz-Versammlung eine flammende Rede gegen den Alkohol gehalten und auf die schädlichen Folgen hingewiesen. Zum Schluß eröffnet er die Diskussion. Zunächst allgemeines Schweigen. Auf wiederholte Aufforderung meldet sich ein Gog: „I be ganz ei'verstande mit dem, was der Herr Professer do gsait hot. Was brauchet mir denn au en Alkenhol? Schliaßlich he-mr jo onseren guate Moost, onser Bier ond onseren Wei'."

Ein Gog hatte einem Professor den Garten umgeschort und bekam nun ein Vesper vorgesetzt. Da die Frau Professor gerade keinen Most im Hause hatte, fragte sie ihn, ob er statt dessen vielleicht ein Glas Wein trinke. „Worom net, wenn's grad sei muaß", entgegnete der Gog, „wenn i mein Most hao, laß i's best Bier staoh ond sauf Wei'."

Anläßlich einer Jubiläumsfeier zeigte sich ein bekannter Wirt sehr splendid. „Meine Herren, beleidigen Sie mich nicht", rief er aus, „und zerstören Sie die weihevolle Stimmung dieser Stunde nicht, indem Sie bezahlen!" — Nach dem Weggang der Gäste fragte er die Kellnerin: „Rickele, du host doch jeder vo dene Rauschkugle dia 6 Flasche Wei' nufgschmotzt?!" (aufgerechnet)

Ein Gog kommt spät nachts „bsoffe" nach Hause. Noch ehe sein Weib den Mund zu einer Strafpredigt auftun kann, haut er ihr eine „Donderschlächtige" aufs Maul. — „I hao doch gar nix gsait", versucht sich das Weib zu rechtfertigen. — Darauf der Gog: „. . . aber wölle!"

Ein kranker Wengerter klagt: „Mei Lebtag hao-n-i nix wia Wei' gsoffe, ond jetz em Alter kriag-i noh d'Wassersucht!" – Sein Freund tröstet ihn: „Do kast sehe, wia Di d'Wirt bschisse hent!"

In einem besonders ergiebigen Herbst reichten dem Frieder die Mostfässer nicht aus. So lagerte er den qualitativ minderwertigeren Most in Butten auf der Bühne, wo er, weil natürlich der bessere zuerst getrunken wurde, bis in den Winter stehen blieb und einfror. Als um Weihnachten herum Besuch kam, schickte der Gog seinen Buben zum Mostholen auf die Bühne mit den klassischen Worten: „Karle, nemm's Beile ond hol en Bolle Most ra'!"

Ein Vater schickt seinen erwachsenen Sohn mit einem Sack Saatkartoffeln zum Stecken derselben auf den Österberg. Unterwegs kehrt der allzeit durstige Sohn ein und verkauft und versauft die Kartoffeln im „Hanskarle". Im Laufe des Sommers, nach längerem Regenwetter, begeht der Vater mit dem Sohn den Kartoffelacker, um nach dem Stand der Pflanzen zu sehen. Da aber kein Kraut zu erblicken ist ist, spricht der Vater die Vermutung aus, die Steckfrucht könnte am Ende durch die viele Nässe „versoffen" sein. Der Sohn bestätigt dies mit den Worten:

„Vater, hier ist nichts zu hoffen,
Die Kartoffeln sind versoffen."

Der Christian säuft lästerlich. Der Herr Pfarrer will ihn davon abbringen und meint: „Nehmen Sie sich doch ein Beispiel am lieben Vieh, Herr Kehrer; das geht auch vom Brunnen weg, wenn es genug hat." – „Sell glaub i wohl, Herr Pfarrer", erwiderte der Gog, „wenn en sellem Bronne Bier ond Wei wär, brächt mr dia Viecher au net so schnell weg."

In der Münzgasse stürzt ein betrunkener Gog wenige Meter vor einem Professor zu Boden. Dieser eilt hilfsbereit hinzu und erkundigt sich besorgt, ob er etwas gebrochen habe. Da lallt der Gog: „Noi, hupp, noi, broche hao-n-e, hupp, noh nix; des kommt airst!" Und er erbricht sich.

Der Herr Helfer hält einem versoffenen Gogen eine Standpauke und schließt mit den Worten: „Wißt Ihr, die Freude ist ein Rausch." Darauf der Gog: „Jo, jo, Herr Helfer, und der Rausch ist eine Freude!"

Der Gottfried hat's durch Fleiß zu etwas gebracht; er ergibt sich jedoch mehr und mehr dem Suff. Auf Veranlassung seiner Ehehälfte besucht ihn der Pfarrer und hält ihm — unter Hinweis auf die große Zahl seiner Kinder — vor: „Wohin soll es denn kommen, wenn Sie alle Ihre Äckerchen vertrunken haben?" — Erwiderung: „Noh goht's an d'Wiese, Herr Spezial."

Im Garten des Herrn Dekan arbeitet ein Wengerter bei große Hitze. Beim Vesper unterhält sich die Frau Dekan mit ihm sehr leutselig, denn sie gibt sich gern populär. — Da fragt der Gog die Dekanin, ob sie den kürzesten Bibelspruch kenne? — Sie rät vergebens hin und her und ruft schließlich ihren Mann zu Hilfe. Auch ihm gelingt des Rätsels Lösung nicht. Da meint der Gog verschmitzt: „I gsieh schao, Ihr wisset's boide net. Noh will-e's uich halt sage: ‚Mich dürstet!'" — Darauf der Dekan: Liabs Nanele, hol no gschwend en Kruag Most ruf!"

Prost!

Der Helmes, knapp sechzig Jahre alt, kommt zum Arzt in die Sprechstunde. Dieser sieht, daß sein Patient sehr zittert und sagt: „Ich glaube, Sie trinken zuviel?!" — Darauf der Gog: „Noi, noi, Herr Dokter, sell isch jo grad; 's moiste verschütt i jo."

Die Frau eines soeben vom Arzt kommenden Raupen fragt, was denn der Doktor gesagt und verschrieben habe. — „Ganz gemeine Tropfe hot mr der verschriebe", antwortet der Mann, „bloß den oine, den guate, hot-er mr verbotte."

Der Arzt rät dem Gottfried, den Alkoholgenuß stark einzuschränken. „Jedesmal, wenn es Sie nach einem Schnaps gelüstet, sollten Sie eben einen Apfel essen", meint er. — „O, Herr Dokter", ruft da der Patient erschrocken aus, „so viel Äpfel könnt i jo gar net vertrage."

Ein Professor — Direktor der Medizinischen Klinik — ließ sich des öfteren von einem Kutscher in dessen Landauer ausfahren. Als derselbe nun schwer krank in die Klinik eingeliefert wurde, sagte besagter Professor zu seinem Assistenten: „Jetzt kommt unser Freund Waiblinger. Der ist ein starker Alkoholiker, dem müssen wir am Tag ein Viertel Wein genehmigen." — „Oh, Herr Professer", entrüstet sich der Gog, „des ist jo grad, wia wenn mr e'me Ochse e Veigele nahebt."

Liaber maih esse' wia z'wenig trenke'!

*

Soviel ka-n-e gar net saufe',
wia-n-i do drübernonterkotze' möcht!

Im Vertrauen gesagt: Sollten Sie gerade den Schnupfen haben, käme Ihnen das beim nächsten Kapitel zustatten. — Hatschi!

ALLERLEI ANRÜCHIGES

Es war zu Beginn unseres Jahrhunderts. Da kehrt ein Schifahrer im Meierhöfle ein und stellt seine Bretter ins Eck. Ein Wengerter fragt ihn, was er denn da habe. Antwort: Das sind meine Schihölzer, ich bin Schifahrer, sogar Preisschifahrer." „So!", erwidert da der Gog, „so se-mr jo schier Kollege, i be nämlich Scheißbrühfahrer."

Am Nelkentag bietet ein Mädchen einem buttentragenden Raupen Nelken an. Dieser antwortet: „O, Fräulein, i schmeck schao so noch Duft!"

Bei einer öffentlichen Feier kommt neben einen berühmten Professor ein Gog zu sitzen, der ihn aufs freundlichste grüßt. Als ein Toast ausgebracht wird, trägt er dem Professor Schmollis (Brüderschafttrinken) an. Dieser: „Aber mein Herr, ich kenne Sie ja gar nicht." — Der Gog: „Jesses, wenn mr oim seit 14 Johr 's Scheißhäusle leert!"

Ein Gog leert die Abortgrube einer Professorenfamilie. Die Frau Professor schaut vom Küchenfenster in den Hof hinunter, rümpft die Nase und ruft: „Aber, das riecht ja ganz entsetzlich!" — Antwort: „Hao-n-i des gschisse oder Sia?" (Variante: „D'Frau Professer scheißt au koin Balsam!")

Ein Gog hat mit seinem Weib zusammen eine Abortgrube geleert und steigt, um etwas nachzusehen, noch einmal in die Grube hinab, nachdem er zuvor ins Haus hat sagen lassen, es dürfe für einige Zeit nichts mehr heruntergegossen werden. Gleichwohl plätschert es hernach, und ein kräftiger Fluch tönt aus der Tiefe. „Ha, guck doch, wer 's ist", ruft die Karline hinab. — „I komm net reacht draus", ertönt's von unten, „aber dr Physiognomie noch kööt's am End d'Professere gwea sei!"

Bei ähnlicher Beschäftigung dirigiert die Hausfrau den Leerenden dahin, er möge die Produkte im Garten gleich zweckmäßig verteilen, d. h. das „Dünne“ da und das „Kompaktere“ dort ausgießen. — Er erwidert: „Noh kommet Se no ra' ond verklaubet (sortieren) Se 's selber!“ — Er eilt davon und kehrt erst nach einigen Stunden betrunken wieder zurück. Auf den Vorhalt, warum er davongelaufen sei, erwidert er treuherzig: „Ha, wisset Se, Frau Professer, i hao bloß warte wölle, bis Se's sortiert ghet hent; zu so e me hoikle Gschäft braucht's Zeit ond leidet's koine Gaffer.“

Dem Christian ist sein Kittel in die Abortgrube gefallen; vergebens versucht er, denselben mit einer Stange wieder herauszufischen. — Schließlich beginnt er zu schimpfen. Auf den Hinweis eines Nachbarn, daß das doch sicher nicht sein einziger und bester Kittel gewesen, der Verlust also nicht gar so groß sei, meint der Christian: „Om de Kittel wär mr's jo au gar net, narr, aber mei Vesperbrot steckt doch en dr Tasche.“

Der Frieder hatte ausgiebig mit seinen Kumpanen gezecht und muß nun „Bröckele lache“ (sich erbrechen). Dabei fällt ihm das künstliche Gebiß in die Abortröhre. Jammernd kommt er an den Stammtisch zurück. — „Macht nix“, beruhigt ihn der Wirt, „heut morge airst hot mr de Abtritt gleert. Nemmst halt e Loiter ond steigst na', noh fendest dei Gebiß sicher glei.“ — Der Frieder befolgt diesen Rat. Da er jedoch länger als erwartet nicht mehr auftaucht, werden seine Kameraden unruhig. „Es wurd-em doch nix passiert sei!“ — Einer geht auf's „Häusle“ und ruft hinunter: „Was isch, Frieder, lebst noh? — Ond host dei Gebiß denn noh net gfonde?“ — „Doch, doch, schao drei“, ertönt's von unten, „ond älle hao-n-e probiert, aber kois will passe!“

Ein Wengerter wird nach dem Befinden seines Neugeborenen gefragt. Er antwortet: „Dank dr Nochfrog, wenn-er so fortmacht, noh ka-n-er en vierzeah Täg schao Scheißbutte tra'!“

Der Karle und die Karlene haben ihre eigene Abortgrube geleert und sind nun dabei, das Geschöpfte in Butten den Wengert hinaufzutragen, um damit ihre Rebstöcke zu düngen. — Plötzlich stolpert der Karle und der Inhalt seines Buttens ergießt sich über die Wengertstaffeln. — „Oh, oh", jammert da die Karlene, „bisch du aber e Bachel — jetz he-mr de halbe Wenter omesust (vergebens) gschisse!"

Ein Gog leert in der Rathausgasse die Abortgrube. Durch Ungeschicklichkeit kommt der Güllenwagen ins Rollen und fährt direkt ins Schaufenster einer Kolonialwarenhandlung hinein. Dem mit erheblichen Stimmaufwand geführten Wortwechsel mit dem Inhaber des Ladens, wer den Schaden zu bezahlen habe, setzt der Gog mit der Bemerkung ein Ende: „Goht me gar nix a! — I hao dreimol Obacht gruafe!"

Ein Gog fährt einem Geistlichen, der vor der Stadt einen kleinen Acker hat, ein Faß Gülle hinaus und verlangt dafür vier Mark. „Das ist aber sehr teuer", meint der Geistliche. „Herr Pfarrer", entgegnet der Gog, „Sia kriaget für so e Predigt, wo Sia gar net arg a'strengt, mendestens zeah Mark, do ist vier Mark für mei Gschäft net z'viel." — „Ja, mein lieber Mann", wendet der Pfarrer ein, „das ist aber auch *Kopf*arbeit." — Darauf der Gog trocken: „Ja, glaubet denn Sia, meine Ochse häbet den Wage mit de *Schwänz* zoge?"

Welcher Wert dem „Raupengold" früher beigemessen wurde, zeigte sich nicht zuletzt auch in Anzeigen in der „Tübinger Chronik". Da konnte man z. B. des öfteren lesen, daß das Leeren des Aborts an Landwirte vergeben werde. So schrieb auch der Löwenwirt seinen Abort aus. Es erschien dann auch ein Gog bei ihm, und der Wirt fragte: „Was zahlst mr dafür?" — Da antwortete der Gog: „Zairst geist mr e Stang!", und dann rührte er mit dieser in der Grube herum. Darauf erklärte er: „Do ka-n-i dir nix dafür gebe; des ist jo lauter Studentensoich. Der hot koin Wert."

Der Gemeinderat hat beschlossen, die untere Stadt zu kanalisieren. Im „Rebstöckle" wird dieser Beschluß erregt debattiert. „Ond überhaupt", stellt der Gottlieb fest, „was brauchet mir e Kanalisatio', wo mr doch onser Ammer hent!" – „Wasserspüalong, so e Roßidee!", fährt der Hannes fort, und der Karle meint resignierend: „Do goht jo's best verlaore!"

Einige Jahre später beklagt sich ein Wirt bitter über die hohe Wasserrechnung: „Do bleibt oim jo bald überhaupt nix maih zom Leabe. – Ha, wia isch-es denn? Do kommt oiner rei, bstellt e Glas Bier, goht kurz druf naus uf so e nuimodigs WC, ziagt an der Spüalong, ond schao ist mei ganzer Profit weg!"

Eine bessere Dame erkundigt sich auf der Eberhardsbrücke nach dem Weg zur Gaststätte Kommerell. Der Gog: „Do ganget Se bloß do d'Neckergaß nuf ond do kommt noh links e Pissoir, zwanzig Meter weiter ist-es."

Ein Professor läßt sich beim Spaziergang mit einem Wengerter, der eben mit dem Butten auf dem Rücken den Berg herankeucht, in ein Gespräch ein, wobei sich dieser über seine harte Arbeit beklagt. Der Professor sucht ihn zu trösten, indem er darauf hinweist, wie gesund der Aufenthalt in der freien Natur doch sei gegenüber dem im Studierzimmer und in den Kollegsälen. Darauf der Gog: „Ha no, Herr Professer, wenn Se moinet, daß i's besser häb wia Sia, noh traget halt Sia emol mein Scheiß de Aisterbuckel nuf, ond i will daweilst de Ihr'n em Kolleg verzapfe!"

Ein Professor – umgeben von Studenten. Ein Gog bringt nach dessen Weisung die Exkremente seiner kranken Frau in einem Topf, der mit einem flachen Brotlaib zugedeckt ist. Auf den Hinweis, daß das doch unschicklich sei, meint der Gog: „O, Herr Professer, 's ist no, daß-es net verriacht!"

Ein Philosophieprofessor macht gedankenversunken mit seiner Frau einen Spaziergang außerhalb der Stadt. Plötzlich ist er allein, seine Frau ist weg, spurlos verschwunden. Er ruft, — keine Antwort. Aufgeregt geht er ein Stück zurück, aber sie ist nirgends zu sehen. Da bemerkt er einen Gogen beim Hacken. Er geht zu ihm hin und fragt: „Guter Mann, können Sie mir vielleicht sagen, wo meine Gemahlin weilt?" — Darauf der Gog: „Was hoißt do weilt? — Henter sellre Heck hockt se ond scheißt!"

Am Stammtisch kommt die Rede auf Krankheiten und Arzneien. Da berichtet der Hannes, daß er neulich ein Studentle ganz probat von seinem schweren Husten kuriert habe, und zwar mit drei Löffel Rizinusöl. — Auf den Einwand, daß das doch ein Abführmittel und nichts gegen den Husten sei, meint der Gog grinsend: „Ond ob des a Huastemittel ist, uf älle Fäll hot sich der Kerle nemme z'huastet traut."

Ein Handwerker hatte einen Weingärtner mit dem Umschoren seines Gartens beauftragt. Als er jedoch in seinen Garten kam, war von dem Gogen nichts zu sehen. Er rief deshalb: „Gugel, wo send-er denn? I sieh uich gar net hacke!" — Darauf ertönt die Stimme des Gogen hinter einer Hecke hevor: „Ka mr au scheiße ond hacke en oim?"

Ein Raup kommt zur Herbstzeit betrunken nach Hause und ruft seinem Weib zu: „Karlene, breng mr glei de Kübel, i muaß spucke!" — Dann, als sie mit dem Kübel kommt — „breng mr liaber a frische Hose, i hao omdisponiert!"

Zur Zeit des neuen Weines sieht ein Wengerter einen andern eiligst die Gasse hinuntereilen und ruft ihm nach: „Karle halt, Karle halt! Spreng no et so, mr moint jo, de häbest Eilguat en de Hose!"

In einem Gogenhaus ist der Abort nur durch die Küche erreichbar. Eines Tages findet ein Student, der sich in der Küche rasch die Hände waschen will, seine Wirtin bei offener Lokustür „thronend" vor, und zwar mit einer großen Schüssel Kartoffeln auf dem Schoß beim Salatschneiden. Erschrocken fährt der Musensohn zurück! — Die Gogenfrau aber bemerkt ohne die geringste Verlegenheit: „No koine Hemmonge, Herr Schulze, so haoch spritzt d'Scheiße net!"

Beim „Violinbeck" sitzt eine zünftige Stammtischrunde beisammen. Plötzlich schnuppert der Gottlieb und wendet sich schließlich an seinen Tischnachbarn: „Du Hemme, sei emol ehrlich; host du en d'Hos gschisse?" — Darauf der Hemme irritiert: „Jo — — worom?"

Der Frieder ist herzkrank und hat Wasser in den Füßen. Der Arzt verbietet ihm daher, größere Mengen an Flüssigkeit zu sich zu nehmen und beschränkt die Tagesration auf einen Liter. Darauf der Gog wehmütig: „Oh, Herr Dokter! Lent se mr wenigstens so viel, daß-es beim Scheiße net stäubt!"

Zwei schon recht betagte Gogen sitzen bei der krummen Brücke auf einem Bänkle in der Sonne. Nachdem der Gottlieb lang und breit seine Misere mit einer Darmgrippe geschildert hat, frägt er den Christian: „Ja, ond wia goht's denn noh dir, Christe? Wia stoht's bei dir mit dr Verdauong?" — „Dank dr Nochfrog", entgegnet dieser, „dui ist bestens greglet. Jeden Morge pünktlich am faife hao-n-e Stuahlgang; — 's Domme ist bloß, daß-e emmer airst am achte ufwach."

Der Heiner hatte nach einer schweren Operation einen künstlichen Darmausgang bekommen. Natürlich wurde er von seinen Freunden gefragt, wie es ihm denn jetzt gehe. — „Oh", meint der Wiedergenesene, „i ka net klage, bloß wenn e oin uf d'Kirbe lad, han-e halt nemme de gleiche Genuß wia früher."

Zur Zeit der großen Arbeitslosigkeit fragt ein Professor, Mitglied des Wohltätigkeitsvereins, einige Gogen, ob sie auch voll beschäftigt seien. Darauf erwidert einer, ein Abtrittsleerer: „'s ist nix maih, en deane aoruhige Zeite machet dia haohe Herre älle en d'Hose!"

Die Gogen gehen bekanntlich ohne Licht zu Bett. Ein Fremder zieht einen Gogen deshalb auf und fragt: „Findet Ihr Euch denn morgens auch ohne Licht ins Hemd hinein?" — Antwort: „Balla du, dr schwerer Toil ist hente!"

Mehrere Wengerter vespern in einer Besenwirtschaft. Es duftet übel und jeder beschuldigt den anderen, er habe die Hosen voll. Schließlich einigen sie sich auf den Augenschein im Abort. Die ersten beiden melden ihre Unbeflecktheit. Beim Hinausgehen der nächsten zwei sagt der Gottlieb zum Frieder: „Des will-e dr aber glei sage: 's Altbachene gilt fei net!"

„Do stenkt's. Karle bist du des?" fragt der Frieder. Antwort: „Noi, noi, des muaß aus sellem Käslade rauskomme!"

In der Schule schnüffelt der kleine Fritz unaufhörlich, als hätte er einen besonderen Geruch in der Nase. Ärgerlich fragt ihn der Lehrer, was er denn habe? — Keine Antwort, auch auf wiederholtes Fragen. Da, auf die Drohung mit dem Tatzenstecken, meint der Fritzle: „Drom hot mr mei Muater e Leible gmachet aus 's Vatters Hosebode!"

„Der letzte Wengerter" steht, wie das nebenstehende Bild zeigt, bereits unter „Denkmalschutz"! Der Schöpfer dieser grobschlächtigen Brunnenfigur ist Ugge Bärtle, ein waschechter Tübinger. Trotzdem wird von den Bewohnern der „Gogen-City" beanstandet, daß „der Ma' koi Kapp ufhot." — Dazu muß man wissen, daß ein rechter Gog auf seine Kopfbedeckung allenfalls beim Zubettgehen verzichtet.

Zchng.: Ugge Bärtle

DIE RAUPENHYMNE

Melodie: Preisend mit vielen schönen Reden ...

Karle, schmiar dei' Brust mit Lette',
ziag dei' Scheißdreck-Wammes a',
daß de au wia andre Raupe
Scheißdreckbutte' trage' ka'st!

En dr Neckerhalde siebe'
ist e Scheißhaus ebe' voll.
Ond do sait dr Herr Professer,
daß mr's Scheißhaus leere soll.

Ond dr Karle nemmt sei' Schapfe',
ruadlet rom en sellre' Brüah
ond des stenkt granatemäßig
schao' des Morgens en dr Früah.

Ob dem Gstank zuiht d'Frau Professer
d'Nase' nuf, als ob se's beiß.
Doch dr Karle tuat're z'wisset,
daß au sui koin Balsam scheiß.

En dr Neckerhalde siebe'
ist e Scheißhaus wieder leer.
Ond vom Scheißdreck vom Professer
werdet d'Prestleng graoß ond schwer.

Die erste Strophe geht vermutlich auf ein Botnanger Heimatlied zurück, die zweite dürfte originaltübingerisch sein. Beide Strophen zusammen gelten als „historische" Raupenhymne. Die restlichen drei Strophen hat der Herausgeber 1975 verbrochen und im Vertrauen auf die Sangesfreudigkeit seiner Leserschaft angefügt. Die Hymne darf im Stehen wie im Sitzen gesungen werden.

Ein Gog, der beim Obsternten zu viel Äpfel gegessen hat und sich hernach unter einem Baum des Nachbarn erbrochen hat, sagt beim Nachhausegehen zu eben diesem: „Du Christian, heut hao-n-i mei Obst ra' dao. Du host me dauret, daß du des Johr so gar koi Obst kriagst ond i hao so en Seage. Jetz gang no naus uf dein Acker, i hao dr onter deim graoße Biareboom e bißle broches Obst nagricht."

Ein Gogenweib ist mit einem Leiterwägele voll Gemüse auf dem Weg zum Wochenmarkt. Zwei Studenten, die hinter ihr hergehen, bemerken auf einem der Gemüsekörbe ein kleines Päckle, in dem sie ein Vesperbrot vermuten. Da sie Hunger haben, eignen sie sich dasselbe unbemerkt an. Es enthält zwar kein Brot, dafür aber eine große Scheibe Speck, die sie sich teilen und mit Appetit verspeisen. – Nach einiger Zeit – das Weib ist längst außer Sicht – werden sie von Gewissensbissen geplagt. Sie gehen daher auf den Markt, wo sie dem Weib den Diebstahl beichten und sich bereit erklären, den gestohlenen Speck zu bezahlen. Das Gogenweib aber meint treuherzig: „Oh, ihr Herre, des ist net so schlemm; wisset-er, i hao me nämlich wond gloffe zwische de Füaß, ond do hao-n-e me vo Zeit zu Zeit mit deam Speck eigschmiart."

Eine „bessere" Dame hat sich hoffnungslos in der unteren Stadt verlaufen und sieht sich hilfesuchend um. Da öffnet sich ein Fenster und eine scharfe weibliche Stimme ruft: „He, Sia! Do wurd aber fei nergets nabronzt!"

Die Tongesellschaft Intercord in Stuttgart hat 5 Schallplatten mit „Tübinger Gogen-Witzen" herausgebracht. Sie sind im Schallplattenhandel erhältlich.

Zwei bösartige Weiber streiten sich auf der Straße. Als die eine die andere „e taube Henn" heißt, hebt die Beleidigte einen frischgefallenen „Roßbollen" von der Straße auf und wirft ihn ausgerechnet der anderen in den weit aufgerissenen Mund, so daß dieser die warme Brühe hüben und drüben an den Backen hinunterläuft. Voller Zorn und blau im Gesicht würgt diese die Worte heraus: „Soo, aber ... aber der bleibt dren, bis d'Polezei kommt!"

Drei junge Ehemänner unterhalten sich kurz vor Weihnachten darüber, wie sie ihren Buben zum Christtag eine Freude machen wollen. Der erste: „I gib-em e Paar Schlittschuah." – Der zweite: „Vo mir kriagt-er en Schlitte." Und der dritte: „I soich-em nachts e Schleifetse uf d'Gaß, des kost me nix, ond er hot mit seine Kamerade de graißt Freud' am Morge."

Studenten fragen ein altes, nicht gerade von Reinlichkeit strotzendes und dementsprechend „duftendes" Weib, ob es in die Hose geschissen habe. – Darauf die Alte: „Des net, aber alte Weiber soichelet älleweil."

Auf dem Georgimarkt: Auf die Frage des Gschirr-Jakob, warum sie denn partout ein Nachtgeschirr ohne Henkel haben wolle, erwidert ein Gogenweib: „Des will i uich sage! – Wenn der Soichhafe en Henkel hot, bronzt mei Ma' en dr Donkelheit drenei, bis d'Brüah obe nauslauft; hot der Hafe aber koin Henkel, hot-er de Domme (Daumen) dren!"

„Frieder, mei Weib ist e Drecksau! I laß me scheide", eröffnet der Karle seinem Freund. „Aber om Hemmelswille", meint dieser, „jetz bist doch schao über dreiß'g Johr mit deire Anna verheirot, ond jetz uf oimol witt de scheide lao?" – „Ond ob", trumpft der Karle auf, „stell dr emol vor: Äll Tag, wenn i hoimkomm zom Mittagesse ond en de Wasserstoi soiche will, stoht doch do vom Morge noh 's aogspüalte Kaffeegschirr dren."

Ein Student in Vollcouleur schritt durch eine enge Gasse in der unteren Stadt. Da plätscherte ihm unversehens der Inhalt eines Potschamberles aufs Kappendach. Mit empörtern Worten machte der Studio seinem Unmut Luft. Da öffnet sich oben das Fenster nochmals und ein Gogenweib erklärt beruhigend: „O Herrle, des ist doch net so schlemm. 's isch jo bloß vom Kend!"

Im Winter des ersten Nachkriegsjahres gab ein sehr bekanntes Trio ein Konzert im Pfleghofsaal. Nach der ersten Programmnummer traten die drei Befrackten auf den Gang, um ein gewisses Örtchen aufzusuchen; doch das war — da eingefroren — geschlossen. Ein ortskundiger Gog, der für die Heizung zuständig war, bemerkte das vergebliche Bemühen und öffnete diensteifrig eine Tür ins Freie mit den Worten: „Do ganget no naus ond soichet en de Hof — do hent schao maih nagsoicht!"

Ein Gog verlangt in der Apotheke ein Abführmittel. Versehentlich erhält er jedoch Salzsäure. Tags darauf entdeckt der Apotheker die Verwechslung und eilt — das Schlimmste befürchtend — in die Wohnung des Gogen. Erleichtert atmet er auf, als er ihn gesund und munter erblickt. Über den Irrtum aufgeklärt, lacht der Gog nur und meint: „Jetz wondert mi nix maih! Deshalb also haon-i noch-em Bronze heut morge lauter Löchle en de Stiefel ghet!"

Nach einer anderen Version hat der Gog Durchfall und erhält in der Apotheke statt Kohletabletten versehentlich Beruhigungspillen. Vom Arzt befragt, ob die Arznei geholfen habe, meint der Gog: „Wia mr's nemmt, Herr Dokter, uf älle Fäll' reg-e me nemme uf, wenn-e en d'Hose scheiß!"

Sagt der Karle zum Ferde: „Sag emol, host du eigentlich koin Arsch?" — Darauf der Ferde: „Saudomme Frog, was werd i koin Arsch hao!" — „Ha", meint da der Karle, „worom stenkst du noh so aus dr Gosch?"

Zwei Gogen schwanken spät nachts reichlich benebelt ihrer Behausung zu. Unterwegs stellt sich der eine an eine Hausecke. „He, Sie!" ruft da ein vorbeikommender Polizist, „do wurd fei net nagschifft, des geit's net! Sofort aufhöre ond eipacke, verstande!" — Der Gog bruttelt zwar, läßt sich auf einen Disput mit der Staatsgewalt aber nicht ein. Als er seinen Zechkumpanen eingeholt hat, lallt er jedoch: „Was moinst au, Emil, wia-n-e den Bachel drakriagt hao! — Narr, eipackt hao-n-e, aber ufghairt hao-n-e net!"

Ein Gogenweib: „Du Ma', moi, i ben wüast verschrocke; mir hot's troomt, i lang en mei Gosch nei ond hao koin gotzige Zah' maih dren." — Der Mann: „Bist au sicher, daß d' en dei Gosch neiglangt host?"

Der Frieder und der August finden ihren Freund Karle an einem Baumast erhängt vor. Schleunigst schneiden sie den Strangulierten ab und versuchen, ihn durch Schütteln wieder ins Leben zurückzuholen. Als alles nichts hilft, steckt ihm der August eine Strohhalm in den Hintern und bläst mit aller Kraft hinein. Schließlich geht ihm der Atem aus und der Frieder löst ihn ab, dreht aber zuvor den Strohhalm um. Auf die Frage, weshalb er das mache, erwidert er: „Ha, de'st jetz au e saudomme Frog! Moinst du vielleicht, i nemm des, was du en dr Gosch ghet host, en mei Maul?"

Man war auf dem Volksfest gewesen. Das Fritzle hatte einen Luftballon bekommen und war dann mit der Mutter wieder nach Hause gegangen, während der Haushaltsvorstand sich noch etliche Maß Festbier genehmigte. Reichlich angeheitert und schwankend kommt er spät nachts in das eheliche Schlafgemach zurück und sieht zu seinem Erstaunen am Henkel des Nachthafens einen Luftballon befestigt. — „Älles was recht ist", lallt er, „aber en Furz mit Haut hao-n-e jetz au noh nia gsehe."

Vier Raupen beim Stammtisch. Der erste: „Losnet, do stenkt's!" – Der zweite: „I glaub, des ist e Hond." – Der dritte: „'s ist doch gar koiner do." – Der vierte: „Há no, 's wurd schao noh oiner komme."

Ein Optimist ist (nach der Auslegung vom alten Hanskarle), wer auf seinem Acker furzt und meint, er habe ihn gedüngt.

Ein alter Tübinger Taglöhner schimpft: „Oh, dia Herre! Dia send halt z'fei zua're reachte Ärbet; aber i därf-en älleweil de Scheiß en de Butte en Garte naustrage!" Ein Geschäftsmann – selber Gartenbesitzer – sucht den Zürnenden zu beschwichtigen: „Ha, so schlemm ist's noh au wieder net, Ferdinand, i han des au scho trage." – „Jo, jo", meint da der Gog, „aber bloß zwische de Arschbacke!"

Was der Unterschied sei zwischen Homöopathie und Allopathie, will der Frieder wissen. „Des ist doch ganz oifach", antwortet der Hemme. „Wenn du zom Beispiel an deine Obstbööm en Butte Scheißbrüah naleerst, noh host se sozusage allopathisch döngt. – Wenn de aber bloß en Furz an se na'lohst, noh ist des e homöopathische Döngong."

Dr Karle hat Kreuzweh und klagt. Der Frieder tröstet ihn: „Sei doch fraoh, daß d' e Kreuz host, denn sust hättest de Arsch jo em Gnick ond bei jedem Furz tät dr's de Huat lupfe!"

Als an einem schönen Morgen der Bataillonskommandeur ausreitet – in geziemendem Abstand sein Bursche zu Pferd hinterher –, kommt er an einem Gogen vorbei, der gerade abortleerenderweise beschäftigt ist. „Pfui Teufel", ruft da der Major, „ein Schweinegestank, das!" – Da entgegnet der Gog: „Oh, Kerle, bei dir ka's grad au net so fei riache, sonst tät dr sell (der Bursche) net so weit henter dr drei reite."

Der Frieder und der Heiner wollen zum Hopfenmärkt nach Raoteburg. Der Heiner will, ohne seine Fahrkarte lochen zu lassen, durch die Sperre, worauf ihn der Schaffner zurückruft und der Frieder ihn belehrt: „Du Balla, woißt denn du net, daß mr aohne Loch koin fahre lao ka."

„Paule", ruft der Hannes seinem Vetter auf der Straße zu, „was host denn du, daß de so komisch daherkommst? Host am End Ischias oder Reißmadeis?" — „Noi, noi", meint der Paul, „des isch net; woißt i hao uf Luft tippt, aber Material isch komme."

In der Besatzungszeit gehen zwei Gogen über die Neckarbrücke, unmittelbar hinter ihnen ein französischer Soldat. Da läßt der Frieder einen streichen. Meint der Hannes: „Mensch, des därfst doch net mache." — Darauf der Frieder: „Worom? Der ka doch koi Deutsch."

Der Sanitätsrat besucht einen Weingärtner, den er wegen Stuhl- und Windverhaltung behandelt. Er sitzt am Krankenbett, als der Kranke plötzlich einen Kräftigen streichen läßt. — „Der ist mir drei Mark wert", sagt der Arzt erfreut. Darauf der Gog: „Noh ziaget Se's no glei an dr Rechneng ab!"

Zu Doktor Schlegel, dem berühmten Homöopathen in der Neckarhalde kam der alte Gottlieb: „Herr Dokter, i glaub, daß i de Krebs hao!" — „Aber Herr Gugel", erwidert darauf der Arzt, wie sind Sie den zu einer so schlimmen Diagnose gekommen?" — Darauf der Gog: „Herr Dokter, meine Fürz stenket nemme." — — Nachdenklich wiegt Dr. Schlegel sein Haupt und meint: „Das ist freilich seltsam, aber der Fall interessiert mich sehr. Könnten Sie mir nicht gleich eine Probe geben?" — Das läßt sich der Gottlieb nicht zweimal sagen, und er eröffnet ein wahres Trommelfeuer. Der Arzt aber stürzt mit einem Satz ans Fenster, reißt es auf und ruft: „Irrtum, mein Lieber, bei Ihnen fehlt es in der Nase."

EINE SCHÖNE LEICH

Bei einem Heimatmusikabend. Auch der Totengräber ist dabei. Sinnend blickt er in einer Pause in den Saal. Da wird er jäh unterbrochen durch die Frage: „Karle, zählst alte Leut?"

Ein Fremder kommt nach Tübingen und begegnet einem Leichenzug. Zwischen ihm und einem Gogen entspinnt sich folgendes Gespräch: „Können Sie mir bitte sagen, wer hier beerdigt wird?" — Gog: „Der em vorderste Wage." — Fremder: „Wissen Sie, was er gehabt hat?" — Gog: „Drei Mark fufzig em Tag." — Fremder: „Aber, guter Mann, das war doch nicht so gemeint; ich wollte doch wissen, was dem Verstorbenen gefehlt hat." — Gog: „Was wurd-em gfehlt hao? — D'Gsondheit natürlich, du Balla!"

„Vatter, sollst hoimkomme, aber schnell, d'Ahne will sterbe." — „Blitzblech, host du mi verschreckt, i hao schao gmoint, dr Kanare sei durch."

Das Weib und die Kuh eines Gogen erkranken gleichzeitig. Beim Besuch des Doktors meint der Mann: „An mei Weib wöllt i jo gar net denke; wenn noh mein Bläß wieder reacht wär."

Ein Gog, dessen Weib und fünf Kinder erkrankt sind, meint beim Doktorbesuch: „De'st jetz doch gspässig! De ganz Woch ist älles krank, ond sonntigs airst koi Leich."

Dem Kutscher Held krepiert ein Pferd. Er äußert sich dazu folgendermaßen: „Do isch guat Gaul sei! Em Wenter loht mr sich durchfuattere ond em Früahjohr legt mr sich na ond verreckt."

Bei schwerer Krankheit: „Herr Dokter, muaß-e na(b)?" oder „I moin, 's sei Zeit, daß onser Herrgott 's Krättle (Körbchen) 'ra loht."

Frau eines todkranken Mannes zum Doktor: „I moi, i wur' Witwe?" oder „I moi, 's sei Zeit, daß mr für-en en d'Kirch läut't!"

Mit Kutscher Held, der am Delirium tremens leidet, geht's dem Ende zu. Er hat sich in die Klinik bringen lassen, und der leitende Arzt stellt den interessanten Fall seinen Klinikern vor. Er frägt einen Kandidaten, was er wohl jetzt noch zu verordnen wüßte. Auf die Antwort: „Ich würde versuchen, ihm etwas Cognac einzuflößen", lebt Held noch einmal auf mit den Worten: „Jo, aber d'Gosch vool, et bloß e halbe wia heute morge."

Der Herr Dekan macht Krankenbesuche. Den Heiner findet er reichlich angeheitert vor. Neben seinem Bett steht eine Flasche Obstschnaps. — „Das ist doch hoffentlich nicht Ihr einziger Trost?" fragt der Geistliche. — „Wo denket Se na, Herr Dekan", trumpft der Patient auf, „em Keller hao-n-e nomol sechs Flasche!"

Der Gottlieb liegt im Sterben und bittet sein Weib, ihm doch noch ein Krügle von dem extraguten Wein aus dem Fäßle ganz hinten links im Eck zu bringen. — „Aber Gottlieb", erwidert das Weib, „des Fäßle he-mr doch noh gar net agstoche. Des wär jo schad jetz. Do host e Glas Wasser, ond jetz bhilfst de eabe vollends so nom."

Das sehr umstrittene Werk „Das Leben Jesu" des Tübinger Stiftsrepetenten David Friedrich Strauß hatte auch bei einfachen Leuten Unruhe ausgelöst. Als ein Gog im Sterben lag, besuchte ihn der Dekan und versuchte ihm das Sterben leichter zu machen. So schilderte er ihm das Paradies in den lockendsten Farben. Der Gog aber schüttelte skeptisch den Kopf und meinte: „O Herr Dekan, se lobet's afange au nemme so."

„Geh in dein Kämmerlein und bete!" sagt der Pfarrer zu einem Gogen, der im Sterben liegt. „Jo Scheiße, Herr Pfarrer", erwidert der Raup, „do send Zwiebel dren."

Als ein Weingärtner zum Sterben kommt, will ihm der Pfarrer beistehen: „Mein lieber Christian, Sie haben jetzt genug gearbeitet, nun werden Sie zur ewigen Ruhe einkehren dürfen und ein Engel Gottes werden." – Der Gog aber schreit in seinem Widerspruchsgeist: „Jo, vo weage, sei Ruah hao; do hoißt's noh älleweil: Pfluderet, pfluderet!"

Zwei Raupen begegnen einem uralten Wengerter, von dem sie wußten, daß er kürzlich schwer krank war. Der eine sagt zum andern: „Luag, jetz lauft der Denger älleweil noh rom." – Da erwidert der andere: „Ha, freile, do brauchst de doch net graoß wondere. Narr, der hot doch e viereckede Seal ond e ronds Arschloch. Jetz, wia will-er se aushauche?"

Ein Gog fragt einen Totengräber, ob er gerade viel zu tun habe. – „Dank dr Nochfrog", erwidert dieser sichtlich deprimiert, „'s kööt besser sei! Zur Zeit ist net viel laos! Dia Dökter send fast älle em Urlaub. Do sterbet net viel Leut."

Der Gustav war an einem selbstzugezogenen Leiden gestorben, d. h. er hatte den sogenannten „Raupentod" gewählt und sich erhängt. – Die Polizei ermittelt. Der Hannes berichtet: „Ja no, e halbe Stond vorher hao-n-en noh gsehe, de Gustel. Jo, ond noh wurd-er halt sei Raupepistol gnomme hao ond ist uf d'Beahne nuf."

Der Obertribunalrat hat zur Arbeit im Garten einen Raupen angestellt. Eines morgens wird ihm von dessen Sohn folgende Nachricht überbracht: „Guate Morge, Herr Obertribunalrat. En schöne Gruaß vo meim Vatter, ond er könn' heut net komme, er häb sich ghängt."

Der Helm ist auf den Tod krank. Eine mitfühlende Nachbarin erkundigt sich nach dessen Befinden. Da antwortet das Weib des Sterbenden: „Vor vierzeah Täg hot dr Dokter gsait, maih als zwee Täg geb-er'm nemme, meim Helm, ond jetz leabt-er älleweil noh." — Darauf die Nachbarin: „I hao's jo schao emmer gsait, uf dia Dökter isch doch au gar koi Verlaß."

Der Hannes liegt im Sterben. In der Annahme, er sei bereits bewußtlos, diskutieren die Angehörigen die Frage, mit wieviel Pferden man den Sarg zum Friedhof fahren solle. Sparsam wie die Schwaben nun mal sind, schied das Viergespann sehr rasch aus. Als man sich dann aber statt für ein Zweigespann für nur einen Einspänner entscheidet, richtet sich der Sterbende nochmals auf und meint: „Machet, was-er wönt, aber gloffe wurd net!"

Der Jakob lag im Sterben. Seine Frau versuchte ihn zu trösten. Er sei ja nun schon über achtzig, meinte sie, da sei es nun eben Zeit. Der Jakob indessen wollte davon nichts wissen und antwortete mit dem Götz-Zitat. — „Gott sei Dank!" rief da das Weib aus, „er hot noh sein volle Verstand!"

Die in Tübingen wohlbekannte Frau Raach ist gestorben. Der Sitte gemäß kondolieren die Nachbarn dem Witwer. Da sagt der eine: „Ha, jetz isch se au guat ufghobe, denn es stehet geschrieben in der Schrift: Die Raache ist mein — spricht der Herr." Darauf meint ein anderer: „Jo, aber ganz gwiß ist des noh net, 's hoißt nämlich au: In diesen heiligen Hallen kennt man die Raache nicht."

Frau Professor Weber, die Frauenrechtlerin, ist schwer krank, man befürchtet das Schlimmste. Ein Gogenweib bändigt ihren ungezogenen Sprößling mit den Worten: „Fritzle, wenn de net glei e Ruah geist, därfst net mit zur Webere ihrer Leich."

Die Luis kondoliert ihrer Nachbarin, deren Mann gestorben ist. „Hot dei Hemme denn lang leide müaße?" erkundigt sie sich teilnehmend. „Noi, noi", entgegnet die Witwe, „ganz schnell ist es gange, über Nacht ist-er gstorbe — so ganz aohne älle Aoköste (Unkosten)!"

Beim Holzfällen wurde ein Gog von einem stürzenden Baum erschlagen, ein anderer konnte sich gerade noch durch einen Sprung zur Seite in Sicherheit bringen. Einige Tage später begegnet die Frau des Davongekommenen der Witwe des Verunglückten und erkundigt sich teilnehmend nach deren Ergehen. „Oh", sagt diese, „i will net klage, d'Versicherong hot sich reacht nobel zoigt ond hot mr bare faiftausend Mark auszahlt. — „Was?" meint da die andere, „waas? Faiftausend Mark!? — — — ond mei Sempel sprengt weg!"

Ein Raup verunglückt im Rausch tödlich. Es handelt sich darum, seinem Weib den Todesfall schonend beizubringen. Sein Kumpan übernimmt diese heikle Aufgabe und läutet die Frau um 1 Uhr nachts heraus. „So, do kommst endlich, du Saulomp!" ruft diese zum Fenster hinaus. Antwort: „Ihrer leit do dronte." — Frau: „Wenn-en no der Teufel hole tät!" — Antwort: „Hot-en schao!"

In einem anderen Falle fragt der Bote, als die Frau das Fenster öffnet: „Send Sia d'Witwe Kehrer?" — Antwort: „D'Frau Kehrer ben-e, aber koi Witwe." — Er: „Wette, daß . . .?"

Beim Leichenschmaus geht's in der Wohnung zunächst sehr eng zu. In vorgeschrittener Stimmung wird dadurch Platz geschaffen, daß der Tote unter die Bettlade gelegt wird. Wie nun der Geistliche kommt und nach der Begrüßung fragt: „Wo habt ihr nun den teuren Entschlafenen?", antwortet ein Gog: „Selt donne leit-er."

Das Gretele wird gefragt, ob die Mutter denn beim Tod der Ahne geweint habe. – „Noi, noi“, antwortet die Kleine, „mir heulet erst bei dr Leich (Beerdigung).“

Der Hemme und der Frieder gehen zusammen über den Friedhof. Plötzlich wird der Frieder von einem heftigen Hustenanfall geschüttelt. Von seinem Kameraden darob bemitleidet, deutet er auf die Gräber und meint: „Dia wäret fraoh, wenn se noh könntet.“

Ein Gogenehepaar sieht im Friedhof einen Grabstein, auf dem ein steinernes Wappen mit drei Schwänen angebracht ist. Das Weib fragt: „Was soll jetz au des bedeute?“ – Der Gog: „Du Ga(n)s, du domme! Der hot drei Weiber ghet.“

Dem Karle ist seine Karlene gestorben. Der Leichenzug bewegt sich dem Friedhof zu. Da bleibt der Leichenwagen am steinernen Torpfosten hängen, ein Rad zerbricht, der Wagen kippt, der Sarg fällt herunter, geht auf und die Karlene, die nur scheintot war, erwacht wieder. – Einige Zeit später stirbt die Karlene wiederum. Als der Leichenwagen wieder zum Friedhofstor kommt, ruft der Karle: „Gent au Obacht, net daß-es goht wia vorigs Mol.“

„Was du net saist“, fragt der Karle erstaunt, „was, dr Heiner hot also ’s zwoit Mol gheirot...?“ – „Freile“, bestätigt der Frieder, „worom soll-er au net, was isch do schao dabei?“ – Meint der Karle kopfschüttelnd: „Ha, narr der isch jo net wert, daß-em sei airsts Weib gstorbe ist.“

„Sie sind, wie ich höre, in Trauer gekommen“, sagt die Frau Professor zu ihrer Putzfrau, „das tut mir aber sehr leid. – Dabei wollte ich Ihnen gerade jetzt meinen lila Plissee-Rock schenken. – So bleibt mir wohl nichts anderes übrig, als den der Zeitungsfrau zu geben.“ – „Noi, noi, Frau Professor, de’st net naitig“, bemerkt die ‚Perle‘, „ist jo bloß e ganz entfernte Bas vo-mr gwea. Do langt’s au, wenn-e bloß vo dr Taille ufwärts traure.“

Die Karlene, eine alte Jungfer, war gestorben und ihrem letzten Willen gemäß eingeäschert worden, und zwar im Krematorium in Stuttgart. Der Karle und der Frieder, ihre Brüder, holen die Urne mit den sterblichen Überresten dort ab. Auf dem Heimweg vom Tübinger Hauptbahnhof zur Stadt aber macht ihnen — es war Winter — das Glatteis sehr zu schaffen. In der steilen Neckargasse kommt es zur Katastrophe: Zunächst stürzt der Karle, kurz darauf der Frieder, der die Urne trägt. Das Pflaster ist spiegelglatt, vergeblich versuchen sie weiterzukommen. — „Pietät hin, Pietät her", meint schließlich der Frieder, „'s tuat mr loid, Karlene, aber jetz wirst gstreut!" — Und so geschah's.

Nach einer anderen Version ist der Gottlieb gestorben und seine Freunde, der Karle und der Frieder, übernehmen es, die Urne abzuholen und der Witwe, der Karlene, zu überbringen. Auch sie pfeifen auf alle Pietät und überwinden das Glatteis in der Neckargasse mit Hilfe von Gottliebs Asche. So erreichen sie glücklich den Holzmarkt. Damit die Karlene jedoch nichts merken soll, füllen sie die Urne am nächstbesten Kuttereimer mit Herdasche wieder auf. — — Die Karlene nimmt die Urne in Empfang. Da sie ihre Neugier nicht bezähmen kann, öffnet sie die Urne und ruft aus: „Oh, du liabe Güate, wer hätt au des denkt, daß vo meim guate Gottliab nix weiter übrig bleibe tät wia-n-e Häufle Äsche ond e paar Oierschale!"

Ein Gog ist gestorben, steht vor dem Himmelstor und lacht und lacht und lacht. — Petrus öffnet erstaunt das Tor und fragt, was es denn da zu lachen gäbe. — „Ha, guck doch selt nonter en dia Klinik", antwortet der Gog, „der Hamballe von Professor operiert älleweil noh an mr rom."

Mancher stirbt ganz leicht,
ond mancher wird fast he' dabei!

VOM UMGANG MIT „HERREN" UND PROFESSOREN

An einem Sonntagvormittag fragt ein Kutscher den andern: „Was isch, fährst Herre (Studenten)?" — Antwort: „Noi, bloß en Professer."

Ein Studentendiener läutet um 2 Uhr nachts einen Kutscher heraus: „He, Karle, komm ra' ond spann ei', meine Herre wöllet ausfahre!" — Kutscher: „Net om e Millio'!" — Diener: „Narr, kriagst drei Mark extra!" — Kutscher: „Glei komm-e na(b)!"

In einem andern Fall indessen — einige Studenten wollten unbedingt noch „Spuzwägele" fahren, bleibt der Kutscher hartnäckig und ruft hinunter: „Hano, ihr Herre, des goht fei net des Nachts am drui ... — I ben grad mittle en dr zwoite Bronst!"

Ein Professor begeht einen gewöhnlich offenen Fußweg zur Zeit der Weinlese, in der dieser Weg für Unbefugte verboten ist. Ein Gog ruft ihm zu: „Machst, daß d' aus mei'm Wengert rauskommst, du Siach, du verfluachter oder i schlag dr d'Läuf a', daß d' uf de Stompe hoimkrattle muaßt!" — Der Professor erschrocken: „Ach, entschuldigen Sie vielmals, ich habe das Verbot übersehen." — Der Gog darauf besänftigt: „Drom sait mr's uich jo au en guatem."

Die Gogen sind im allgemeinen nicht besonders höflich, und selbst die Professoren werden von ihnen nur selten gegrüßt. Einer aber machte eine rühmliche Ausnahme und grüßte immer aufs höflichste. Als er gestorben und nach seinem Willen seziert war, erzählte der Karle dem Michel: „Jetzt isch husse, worom dr Frieder d'Herre älleweil so fleissig grüaßt hot; mr hot bei dr Sektio' lang gsuacht ond nix bsonders gfonde, bis mr an de Mage komme-n-ist. Ond denk dr no, do ist e riesiggraoßer Grüaßknödel a'gwachse gwea."

Ein Gog hat ein Studentenpferd bestiegen, das mit ihm durchgeht. Ein Nachbar schreit ihm von der Ammerbrücke aus nach: „Wona denn so eilig?" – Antwort: „Was woiß denn i?"

Bei einem Brand in der Altstadt sieht ein Professor untätig zu. Da fährt ihn ein Feuerwehrmann an: „Du, Herrle, schaff' au ebbes, was stohst den so na ond hältst Maulaffe foil?" – Der Professor: „Wie kommen Sie dazu, mich ‚Du' zu nennen?" – Der Gog: „Jetz moint des Rendviech, mr sag noh ‚Sia', wenn's brennt."

Ein Gog und ein Professor begegnen sich auf dem Schnarrenberg bei den Klinikneubauten. Auf den Rohbau der neuen Medizinischen Klinik deutend, fragt der erstere: „Herr Professer, was geit denn jetzt des au, wenn-mr froge därf?" – „Oh", entgegnet dieser, „das gibt die Irrenklinik für die Tübinger." – Schlagfertig erwidert der Gog: „Drom, des hao-n-e mr doch glei denkt, denn für de Gstudierte wär der Bau viel z'kloi!"

Während ein Wengerter seine Wiese mäht, kommt ein Professor daher und sieht ihm bei der Arbeit zu. Nach einer Weile sagt er: „Wie wär es, wenn man die Sense auch auf der Rückseite scharf machen würde, damit man das Gras im Hin- und Herfahren mit der Sense abschneiden und doppelte Arbeit leisten könnte?" – „Sell wär schao reacht", meint nach einigem Besinnen der Gog, „ond dazuana au noh e Heugabel en de Hentere, noh kööt mr's Gras aus glei ufschepple."

Tante Emilie, die bekannte Studentenwirtin, befragt Professor Stock, was sie denn gegen ihren hartnäckigen Husten unternehmen solle. Als dieser ihr keine befriedigende Antwort gibt, meint sie trocken: „Narr, zu dem hättest au net brauche Professer werde."

Ein Professor kommt gerade dazu, wie ein Gog sein Weib verprügelt, und will ihm eine Strafrede halten über Körperverletzung und so. – Da schreit ihn das Weib an. „Des ist mei Ma, der goht Sia en Scheißdreck a!"

Fräulein Fischer, auch „Wanz" genannt, gehörte als mit Mutterwitz begabte Zeitungsverkäuferin jahrzehntelang sozusagen zum Tübinger Stadtbild. Eines Tages – es war in der Mühlstraße – fuhr sie mit ihrem „Zeitungskärrele" beinahe den um die Universitätsstadt besonders verdienten Professor Theodor Haering „über den Haufen". – Dieser, der sich gerade noch durch einen Seitensprung in Sicherheit hatte bringen können, rief ihr zu: „Aber Fräulein Fischer, wenn Sie mich nun wirklich z'tod gfahre hättet?" – Ungerührt entgegnete sie: „Herrgott, hätt des en Extrablatt gebe!"

Die Frau Professor Weber war auf dem Gebiet der Armenfürsorge hervorragend tätig und wurde als Wohltäterin allgemein verehrt; einige der wohlhabenderen Gogen allerdings betrachteten ihre Tätigkeit wenig wohlwollend und nannten sie u. a. „den Bazillus der Lumpenzucht".

Der Christian sitzt in der Ammergasse auf einem Bänkle vor dem Haus und liest die Zeitung. Da er sehr weitsichtig ist, hält er das „Blättle" weit von sich. Als ihn ein Professor im Vorbeigehen darauf anspricht und ihm rät, er möge doch einen Augenarzt konsultieren, meint er: „Oh, Herr Professer, wisset Se, d'Auge wäret schao reacht, bloß d'Ärm send z'kurz."

Bei einer Wahlrede fallen mehrmals die Worte „Pädagogen" und „Demagogen". Da meldet sich der Hannes plötzlich zu Wort und verwahrt sich nachdrücklich gegen den Mißbrauch des Wortes „Gogen". Alle Beschwichtigungsversuche von seiten des Redners sind vergebens. Der Gog verläßt unter Protest das Lokal mit den Worten: „Ob Pädagog oder Demagog, was goht des mi a! Gog bleibt Gog!"

Ein Professor hält einen Vortrag über das Thema „Wie erreicht man ein hohes Lebensalter" und fordert in diesem Zusammenhang strikte Abstinenz in bezug auf Alkohol, Nikotin und sexuelle Betätigung. Bei der anschließenden Diskussion meldet sich der Wilhelm, ein hagebüchener Wengerter, zu Wort: „Herr Professer", läßt er sich vernehmen, „was Sie do grad verzapft hent, ist — mit Verlaub gsait — e reachter Lohkäs. Do gucket se emol mi a: I sauf heut noh äll Tag meine zwoi bis drei Liter Biaremoost, mei Rotzklobe goht mr de ganze Tag net aus ond we-mr uf dr Stroß so e saubers jongs Mensch verkommt, noh dreh-e me heut noh danoch om. Dabei werd-e em nächste Monet achtedachtzge. — Mei Bruader aber, der hot sei Lebtag nia koin Tropfe Alkohol d'Gurgel napflätschere lao, hot nia koin ‚Schwarze Reiter' gschmaucht ond vo de Mädle hot-er au nix wisse wölle. Der aber ist scho mit faifviertel Johr gstorbe."

Ein aus Bayern zugezogener Professor war ein großer Freund weißer Bohnen (Saubohnen genannt) und wirkte für deren Verbreitung. Er baute auch in seinem Garten mehrere „Länder" damit an. Auf die Frage, was der Professor den mit den vielen Saubohnen mache, ob er etwa selbst auch eine Sau halte, antwortet ein Gog: „Der frißt se selber, du Balla!"

Ein Professor sieht, wie Kinder auf der Gasse unreife, grüne Zwetschgen essen und belehrt sie: „Die könnt ihr doch nicht essen, die sind ja noch ganz hart." — Antwort: „Du Balla, mir wärglet se halt!"

Zwei Alte Herren kommen von einer Kneipe zurück und treffen in der Neckargasse auf einen Gogen: „Wenn wir diese Straße hinuntergehen", fragen sie, „da fließt dann doch der Neckar, nicht wahr?" — Darauf der Gog: „Der fliaßt au dort, wenn Se net nonterganget."

Frau Professor Weber bekommt jeden morgen drei frische Laugenbrezeln ins Haus gebracht. Eines Tages hat sie kein Kleingeld zur Hand, der Bäckerlehrling aber kann auf einen großen Schein nicht herausgeben. „Macht nix", meint er, „noh gebet Se mr des Geld halt morge." — Die Frau Professor ist ob dieses Vertrauensbeweises natürlich erfreut und sagt: „Ja, aber was ist, wenn ich heut nacht sterben sollte?" — Darauf der Stift: „Noh ist au net viel he, Frau Professer."

Ein Student betrachtet die Hochwasserzeichen des Neckars, die an einem Haus bei der Neckarbrücke angebracht sind. Als er einen Strich sieht, der besonders hoch sitzt, fragt er einen Gogen, ob das denn stimme, daß das Hochwasser einmal solche Formen angenommen habe. Darauf der Gog: „Ach was — des brauchet Se net glaube. Wisset Se, den Strich he-mr bloß weiter nuf gmolt, weil-en d'Kender onte danne emmer wegkratzt hent."

Ein norddeutscher Student, dem seine Zigarre ausgegangen ist, redet auf der Neckarbrücke einen rauchenden Gogen an: „He Sie, darf ich um Feuer bitten, *ja?*" — Antwort: „Airst, wenn i *jo* sag."

Ein anderer Student betrachtet auf der Neckarbrücke das Standbild des Grafen Eberhard im Bart (es ist leider dem Krieg zum Opfer gefallen) und fragt einen Gogen, was denn dieses Denkmal vorstelle. Antwort: „De lenke Fuaß."

Ein Gog fragt einen zeitungslesenden Studenten, ob er gerade die „Tübinger Chronik" lese. Der Student verneint geringschätzig; er lese nur die „Norddeutsche Zeitung", die „Chronik" sei ihm zu dürftig, die benütze er allenfalls für „hinterlistige" Zwecke. — „Sell wär", meint da der Gog trocken, wenn des so ist, noh gent Se no Obacht, net daß Ihr Arsch am End gscheiter wurd wia Ihr Kopf."

Ein etwas vorlauter Student will einigen Bürgern mit seinen Kenntnissen und Erfahrungen imponieren. Überlegen lächelnd klopft ihm ein Gog auf die Schulter mit den Worten: „Sei no z'friede, Mändle, i gang schao länger an dr Oniversität vorbei weder denn daß du!"

Ein reichlich vorlauter Student wollte einmal den „Kapitän Oppel" auf den Arm nehmen. Natürlich kam er da an den Lätzen: „O Kerle, sei doch du glei z'friede. Narr, wenn mr dir a brennigs Zöndhölzle an de Hentere nahebt, noh fährt dr d'Flamme jo zur Gosche naus!"

Ein Gog fragt einen Studenten, wo er wohne. Auf die Antwort, „in der Grabenstraße", meint jener: „Drom, net em Streberviertel – do schafft d'Bude au net von alloi!"

Am Briefkasten eines Hauses ist eine Visitenkarte angebracht mit folgender Aufschrift: „Adalbert Müller – stud. nat. et phil." – „Was hoißt denn des?" fragt der Sohn eines Raupen. Die Antwort: „. . . studiert natürlich et viel."

Auf dem schmalen Brückle beim Nonnenhaus steht ein Güllenwagen und ein Pferd davor. Es bleibt somit für Passanten nur wenig Platz zum Vorbeigehen. Aus Angst, das Pferd könnte nach hinten ausschlagen, getrauen sich zwei Studentinnen nicht weiter und bleiben unschlüssig stehen. – „No koi Angst", meint da ein Gog beruhigend, „mei Gaul frißt koi Gänsefloisch."

Ein Student erzählt einem Gogen etwas, was diesen ärgert. „Halts Maul, du Stipendiestudentle", ist die Antwort.

Ein Student erzählt einem Gogen, daß er jeden Abend vor dem Einschlafen alle seine Gedanken zu Papier bringe, und zwar schon seit bald zwei Jahren. Da meint der Gog: „Do werdet Se wohl beinoh e halbe Seit vool hao."

Im Dritten Reich, als die Korporationen und besonders das Farbentragen schon verboten waren, kamen eines Abends die Alten Herren des Korps Borussia in Mütze und Band aus dem Hotel Lamm heraus. Zwei Gogen staunten, und der eine sagt zum andern: „Mr könnt grad moine, mr häb noh e Oniversität."

Ein neu angekommener Student geht in die Gogei und ruft mit seinem Stöckchen fuchtelnd: „Ich möchte einen ‚Gagen' sehen!" — Ein schon bejahrter Wengerter schaut zum Fenster hinaus und, da er selbst etwas schwerfällig ist, wendet er sich an seinen im Hof spielenden Enkel mit den Worten: „Fritzle, bach'-em deweilst oine, bis-e na'komm!"

Zwei Studenten, ein Stuttgarter und ein Berliner, gehen in Tübingen spazieren. Da rühmt der Stuttgarter die Schlagfertigkeit der Gogen, die nicht einmal von der der Berliner übertroffen werden könne. Da der Berliner dies bezweifelt, suchen sie ein Gogenboizle auf, und der Berliner fragt einen waschechten Raupen: „He, Sie, sagen Se mal, wissen Sie vielleicht, wo Furzhausen liegt?" — Der Gog besinnt sich nicht lang und antwortet schmunzelnd: „Oh, Kerle, du brengst mi net dra. Do brauchst gar net weit laufe. Leck me am Arsch, ond schao bist mittle drenne em Flecke!"

Ein von der Kneipe heimkehrender Student übergibt sich auf der Neckarbrücke. Ein Gog, der gerade dazukommt, meint: So isch reacht, Herrle, no's Arschloch gschont!"

Zwei Gogen stehen auf der Neckarbrücke. Zwei Studenten unterhalten sich, um sie herauszufordern, ausgiebig und scheinbar hochgelehrt über die gewichtige Frage, ob die Gogen einen Bier-, Wein- oder Mostbauch haben. Eine Zeitlang hört sich der Gottlieb das an. Dann meint er: „Ihr Herre, i sieh, ihr werdet uich net einig. Wenn-er's gwieß wisse wöllet, noh könnet-er jo an meim Hähnele riache."

Ein betrunkener Student — von einem Bundesbruder nach Hause gebracht — erbricht sich, kaum daß er seine Bude erreicht hat, ausgiebig. Der zweite Student sucht, angeekelt, schleunigst das Weite, kommt aber nur noch bis zur Treppe, wo auch er dem Gott Bacchus sein Opfer darbringt. Am andern Morgen wettert die Hausfrau: „Also älles, was reacht isch, Herr Stolte, i laß mr jo schao ällerhand gfalle, aber d'Stube mit Lense ond d'Stiage mit Sauerkraut verkotze, des goht noh doch z'weit!"

Landgerichtsrat Lemcke, der vor Jahren auch an den Brüsten der Alma Mater gesogen hatte, besucht seinen filius, der nun ebenfalls in Tübingen studiert. Arm in Arm, von einem verlängerten Dämmerschoppen heimkehrend, treffen sie auf einen Schutzmann. „Herr Wachtmeester", meint der Vater, „sagen Se mal, wie ist man denn seitens der Polizei mit meinem Sohn zufrieden?" — Verlegen kratzt sich das Auge des Gesetzes hinterm Ohr: „Ha, ab ond zua macht mr der schao z'schaffet, aber bösartig, noi bösartig ist-er net."

Ein biederer Handwerksmeister aus Stuttgart, der seinen Sohn unter vielen Opfern studieren läßt, taucht überraschend in Tübingen auf, um sich zu überzeugen, ob sein Sprößling auch fleißig studiere. Er läutet an der Glastüre. Die Zimmerwirtin öffnet, und es entspinnt sich folgendes Gespräch: „Verzeihong, wohnt hier der Studiosus Walker?" — „Jo, der wohnt do, traget Se'n no do rei, dia Sau!"

Ein Student hat zuviel gesoffen und „opfert". Ein Gog kommt vorbei und schaut ihm zu. Als der Student weitergeht, klopft ihm der Gog aufmunternd auf die Schulter und sagt: „Sie werdet emol alt." — „Weshalb das?" fragt der Student verwundert. — „Des will i Eahne sage", meint der Gog, „eines Menschen Leben währt 70 Jahre und wenn's hochkommt 80, ond Eahne ist-es grad drei Mol hochkomme."

Glaser Schneck will am Sonntag morgen einen Rettich im Garten holen und greift dabei in die Sauce, die ein im Hause wohnender Student des Nachts zum Fenster hinaus erbrochen hatte. Wütend ruft er am Haus hinauf: „Der weel vo uich Saukerle hot jetz wieder heut nacht de ‚Bogehuaste' ghet?"

Studenten pokulieren und lärmen im „Hades" bis zur frühen Morgenstunde. Der Schutzmann mahnt von Mitternacht ab stündlich vergebens zur Ruhe. Endlich — um 4 Uhr — wird's ihm zu dumm und er erklärt dem ärgsten Schreier: „So, Herr Hunolt, jetzt muß ich aber um Ihren Namen bitten."

Wegen Nachtruhestörung um seinen Namen befragt, entzieht sich ein Student durch Flucht dem Zugriff der Staatsgewalt. Der Hüter des Gesetzes gibt sich damit aber nicht zufrieden, zückt Bleistift und Dienstbuch und ruft dem Flüchtenden nach: „Hoiß-er, wia-n-er wöll, mr schreibt-en oifach uf!" — Dann fährt er bruttelnd fort: Ond des wöllet emol Vorständ werde von verschiedene Sache."

Schutzmann, einen flüchtenden Arrestanten verfolgend: „Mr wartet au, wenn oim d'Polezei nochsprengt!"

Nächtlicher Krakeel mit Kartenwechsel. Anderntags erscheint der Kartellträger beim Kontrahenten, einem Mitglied der „Janitscharia". Nachdem er sein Sprüchlein vorgetragen hat, ertönt's mit räser Stimme aus dem Bett: „Mändle, du host doch dei Särgele glei mitbrocht?!"

Ein Gog hat den Arm gebrochen. Statt bei einem Arzt landet er versehentlich bei einem Anwalt. „Lieber Mann", erklärt ihm dieser, „bei mir sind Sie da an der falschen Stelle, ich bin ein Doktor der Rechte." — — „Eabe drom", erwidert der Gog, „de reachte Arm hao-n-e mr jo au 'broche."

Ein älterer Gog kommt zum Doktor in die Sprechstunde. Schon unter der Tür ruft er: „Heut möcht e aber emol ganz gröndlich ontersuacht werde." Der Arzt fragt lächelnd: „Ja, wo fehlt's Ehne denn?" — Da schmunzelt der Patient und meint: „Ha, sell tät Uich so passe! I sag nix! Des sollet doch Ihr rauskriage! Send Ihr dr Dokter oder i?"

In der Universitäts-Augenklinik stürzt ein norddeutscher Assistenzarzt zum Chef und sagt: „Stellen Sie sich vor, Herr Professor, da ist in der Ambulanz ein ganz einfacher Mann, der aber nur griechisch spricht. Ich verstehe ihn nicht und weiß mir nicht zu helfen." Professor Stock eilt in die Ambulanz und fragt den Patienten: „Jetz, was fehlt Ehne denn?" — „Oh, Herr Professor, i gsieh nix maih!" war die Antwort des Patienten. (Für Reigschmeckte: „Ich sehe nichts mehr.")

Ein Gogenweib kommt in die Ohrenklinik und klagt über Schmerzen im linken Ohr. Der Professor untersucht, verschreibt eine heilende Flüssigkeit und gibt ihr das Rezept mit den Worten: „So, Fraule, des dont Se nei, noh wird's bald wieder guat!" — Nach 14 Tagen kommt das Weib wieder und klagt über noch ärgere Schmerzen. Bei der Untersuchung stellt der Arzt einen Fremdkörper im Gehörgang fest. Mit der Pinzette bringt er das Ding heraus. Und was ist's? — Das Rezept!

„Herr Dokter, i hao d'Influenz ghet ond hao de Gschmack ond's Gedächtnis verlaore. Geant Se mr doch au ebbes dawider." — Der Arzt bezweifelt dies, gibt dem Gogen aber drei Kügelchen zum Einnehmen. Dieser nimmt's, spuckt sie aber sogleich wieder aus und sagt: „Pfui Teufel, des ist jo Scheißdreck!" — Darauf der Doktor: „Ihnen ist geholfen. Sie haben Geschmack und Gedächtnis wieder erlangt — ja, es ist tatsächlich Scheißdreck!"

DER DRANG ZUM HÖHEREN

Der Drang zum Höheren wirkt sich auch in der „unteren" Stadt aus, so z. B. in der Namengebung. Einem kleinen Gogenmädchen, das in der Mordiogasse im Kandel (Rinnstein) dreckelt, ruft die Mutter zu: „Aurora, du Drecksau!"

Als in der Stiftskirche beim Sonntagsgottesdienst einmal die Orgel während eines Chorals plötzlich ihren Dienst versagt, ruft der Organist der Gemeinde spontan zu: „De nächste Strophe senget mr vo Hand weiter!"

In der Brauerei Marquardt brennt's, die Hopfensäcke platzen und die glühenden Hopfen fliegen herum; meint ein — offensichtlich lyrisch gestimmter — Gog: „Grad wia Schnai, bloß daß dia Flocke raot send!"

Bei einer Gerichtsverhandlung soll ein Gog bezeugen, daß er wochenlang wahrgenommen habe, wie jemand auf dem Österberg Diebstähle verübte. Auf die Frage des Richters, warum er denn nichts dagegen unternommen habe, erklärt dieser: „Soll i des Österbergs Hüter sein?"

Unterhalb des Justizgebäudes, Prozeßklinik genannt, befand sich ein Brünnele, das zumeist schlecht oder gar nicht lief. Die Gogen sagten deshalb: „Der Ausfluß der Gerechtigkeit lauft konisch."

Bei einer vom „kleinen Ämmerle" verursachten Überschwemmung in der Gogei weist eine Frau zwei raufende Buben zurecht mit dem Zuruf: „Teant-er uich jetz net au Sende fürche, daß-er noh Aofriede hent, wo schao d'Elementer so haderet."

Ein Gog singt im Kirchenchor und übernimmt – er hat eine gute Stimme – einen Solopart, wobei er wiederholt die Worte „Was soll ich tun?" singen muß. – Darauf ein Zuruf aus der Gemeinde: „Gang naus ond hack dein Wengert!"

Als bei einem Liederabend eine Sängerin einige bekannte Volkslieder singt, sagt der Fritz zu seinem Nebenmann: „Du Karle, wenn de dia Liader hairst, noh kommt dr eigentlich en Erennerong, was de schao lang vergesse host." – Fritz: „Se soll no weiter senge, vielleicht fällt dr noh au ei, daß dr i vor e paar Woche drei Fässer Gülle auf dein Acker gführt hao, aohne daß de mr bis heut ebbes dafür gebe hättest."

Bei einer Ausschußsitzung des „Weingärtner-Liederkranzes" wird wieder einmal das „Nachwuchs-Problem" behandelt und darüber geklagt, daß sich heutzutage junge Leute kaum mehr zur Pflege des deutschen Liedgutes gewinnen lassen. Schließlich meint der Koste-Gustav resigniert: „'s hot älles koin Wert! – Eb mr net e'me jede e Idealistespritz en Arsch neijagt, kommt koiner."

Zwei Raupe besuchen das Theater. Zur Aufführung gelangt ein orientalisches Stück. Im 2. Akt liegt eine schöne Odaliske auf dem Diwan in süßem Schlummer, neben ihr steht Salem mit dem Fächer aus Straußenfedern und wartet auf das Erwachen. Auf einmal rührt sich die Schöne, streckt sich, wirft die Teppiche ab, wobei ihre Körperfülle voll zur Geltung kommt, und ruft: „Salem *fächle* mir!" – Da meint ein Gog: „Hot dui emol e saudomme Aussproch."

Ein Weingärtner geht mit seinem Buben durch die Stadt. Am Museum ist ein Theaterzettel angeschlagen mit „Kabale und Liebe". Der Bub fragt, was das bedeute. Vater: Des ist halt au so e Firma wia „Maier & Tritschler" oder „Efferen & Hennenhofer".

Auf dem Heimweg vom Theater, wo „Othello" aufgeführt worden war, sagt ein Gog nachdenklich: „Narr, so goht's, wenn mr eifersüchtig wurd."

Das Landestheater Tübingen brachte für die Volksbühne eine Aufführung des Musicals „Kiss me Kate". In einer Szene schildert der Held Petrucchio, wie er seine widerspenstige Kate mit verschiedenen Schikanen zu zähmen weiß. – Da plötzlich ertönt aus den hinteren Reihen eine weibliche Stimme in bestem Schwäbisch: „Des sott meiner sei'!"

Als die Dichterin Ottilie Wildermuth eines Tages im Seufzerwäldle spazieren ging, hatte sie plötzlich einen guten Einfall. Entgegen ihrer sonstigen Gewohnheit hatte sie jedoch keinen Zettel zur Hand, um ihre Gedanken niederzuschreiben. Sie fragte daher einen städtischen Arbeiter, ob er ihr nicht mit einem Stück Papier aushelfen könne. „Des tuat mr herzlich loid, liabe Frau", erwidert dieser, „nemmet se halt e Büschele Gras?"

Ein Fremder kommt in einem Weinwirtschäftle mit einigen Gogen ins Gespräch. Man unterhält sich über dies und das. Schließlich erkundigt sich der Frieder nach dem Beruf des Gastes. Er sei Schriftsteller, erklärt dieser. – Nachdenklich bemerkt darauf der Hannes: „Do werdet Se aber au koine graoße Brocke scheiße könne."

Als durch die Straßen der Stadt noch der Nachtwächter schritt, war dieser von seiten der Studenten allerhand Hänseleien ausgesetzt. So rief ihm zu später Stunde einmal ein angeheiterter Student vom Fenster aus zu:

„Sag, o Wächter der Nacht,
wo fächeln das Feuer die Winde?"

Schlagfertig erwiderte der Nachtwächter, ebenfalls poetisch:

„Mensch im Gewande der Nacht,
leck mich am Arsch und verschwinde!"

Ein Student und ein Gog – beide leicht angeheitert – stehen bei Mondschein auf der Neckarbrücke und vereinbaren, wie sich dies in einer Stadt der Musen gehört, einen Dichterwettstreit. Der Student beginnt:

„Hier steh' ich auf der Neckarbrück'
und spuck' den Fischen ins Genick!"

„Net schleacht", meint da der Gog, „aber i ka's trotz ällem besser:

„I stand uf dr Bruck
ond steck de Fenger en Arsch."

„Aber das reimt sich ja gar nicht", wendet der Student ein. – „Aber *dichte* tuat's", ist die Antwort des Gogen.

Am 50. Jahrestag der Schlacht von Leipzig hielt in der Platanenallee von der Rednertribüne herab der bekannte Volksdichter und Ochsenmetzger Christian Späth eine zündende Ansprache. Zur Vermehrung der Rührung hüllte er sich in ein weißes Leintuch, womit er Uhlands Verse „Wenn heut ein Geist herniederstiege ..." versinnbildlichen wollte. Nach beendeter Rede sagt ein Gog zum anderen: „Host au schao en graißere Soich ghairt?", und auf das Handwerk des Redners anspielend fährt er fort: „Wenn der Christe 's graißt Kalb steche will, noh muaß-er schao Selbstmord mache."

Am 14. Juli 1873 wurde in Tübingen das Standbild Ludwig Uhlands eingeweiht. Unter den Anwesenden war auch ein Gogenweib, das dem Dichter dereinst als junges Mädchen den täglichen Milchbedarf ins Haus gebracht hatte. Sie war von der sprechenden Ähnlichkeit des Monuments sehr beeindruckt und rief begeistert aus: „Jo, jo, genau so hot-er ausgsehe, dr Herr Professer, wenn-er ällemol zua mr gsait hot: „Luisle, hent-er wieder Wasser en d'Milch neido?"

In einer Wahlrede erklärte ein Gemeinderatskandidat pathetisch: „Mr glaubt gar net, was bei dere Wahl älles onter dr Decke passiert, bsonders bei de Fraue."

Ein Gog, dem es untersagt worden war, seinen Güllenkarren die Nacht über unmittelbar vor der Alten Aula abzustellen und der darin den Bruch eines uralten Gewohnheitsrechtes sieht, macht seinem ergrimmten Herzen Luft mit den Worten: „Des woiß-e ganz gwieß — d'Oniversität kriagt vo mir koine Saurüabe maih! Beim Zeus, sell ist wohr!"

Ein Gog, der am Krieg 1870/71 teilgenommen hatte, trumpfte auf: „Jawoll-ja! I ben anno siebzge au bei deare Fuchtelei dabei gwea."

Während einer feurigen Wahlrede ruft ein Zuhörer: „Hört, hört!" Darauf ein Gog ärgerlich: „Mach d'Aohre uf!"

Ein Redner schließt mit den Luther-Worten: „...hier stehe ich, ich kann nicht anders..." Ein Gog: „Der ist reacht, der hot au noh Religio' em Ranze!"

Vor dem neuen Faserforschungs-Institut in der Wilhelmstraße stehen drei Gogen und betrachten den an einer Wand angebrachten abstrakten Mosaikschmuck. „Was soll jetz aber au des sei?" fragt der erste. „Was woiß denn i?" meint der zweite und wendet sich an den dritten: „Woißt du des vielleicht, Gottliab?" Darauf dieser: „Freile, ihr Bachel, des sieht doch e Blender — des ist Konst!"

Im Garten vor dem Hölderlinturm wird eine neue Bronze-Statue (Jünglingsfigur) aufgestellt. Einige zufällig dazukommende Gogen verfolgen neugierig deren Enthüllung. Schließlich meint einer: „Jetz ka-n-i gar nemme. Daß der Hölderlin net ganz reacht em Kopf gwea ist, des hot mr jo gwüßt, daß-er aber näcket romgloffe ist, des ist mr nui."

Ein Wengertersehepaar ist mit Heuabladen beschäftigt. Als die Frau vom hochbeladenen Heuwagen herunterstürzt, drückt der Mann sein Mitgefühl mit folgenden Worten aus: „I glaub, dui treibt höhere Gymnastik."

Ein durch seine Leutseligkeit bekannter Stadtpfarrer macht bei einem mit Kindern überreich gesegneten Gemeindeangehörigen Besuch. Im Gespräch sucht er die große Kinderzahl als einen offensichtlichen Gnadensegen Gottes hinzustellen und schließt mit den Worten: „Nun müssen Sie aber auch Ihre Kinder mit Gottes Wort aufziehen." – Darauf der Gog: „Net mit Gottes Wort, mit zwoipföndige Loible muaß i dia Blitz ufziage."

Zwei Weiber beschimpfen sich auf der Gasse am Christfest. Der Geistliche mahnt zum Frieden: „Wißt Ihr denn nicht, daß heut der Heiland geboren ist?" – Antwort: „Ha, sell wär. Mir do honte erfahret doch au gar net, was en dr Obere Stadt passiert.

Einige Studenten streiten sich im „Lembo" über den Begriff „Idee". Ein Metzger, der ihnen zuhört, unterbricht sie schließlich und sagt: „Oh, Ihr Herre, hent Ihr en Begriff von're Idee. Sechs Kälble nüchtern steche, des ist en Idee!"

Auf die Rüge eines Pfarrers wegen Fluchens erwidert der Gog: „Ha, ist des vielleicht e Send, wenn i em Heiland rüaf?"

Ein Bub kommt von der Schule heim und fragt seinen Vater, einen „Fläschner"? „Du Vatter, sag emol, was ist denn des eigentlich, Takt?" – Darauf der Raup: „Was Takt ist? – Ha woißt, so aus-em hohle Bauch raus ka-n-i dir des au net sage. Aber paß uf, i will dr's a'me Beispiel erkläre: Neulich hot bei Professers dr Hahne an dr Badwann tropft, jo ond i hätts repariere solle. Jetz, wia-n-e aber neikomm en des Bad, leit grad d'Frau Professere fuselnäcket en dr Badwann dren. – Was hao-n-e gmachet? – Mei Kapp hao-ne glupft ond gsait: ‚Guate Morge, Herr Professer!' ond naus ben-e zur Tüar. – Guck, Bua, des ist Takt."

Der Karle sitzt mit seinen Freunden, dem Frieder und dem Hannes, beim Most und führt das große Wort, schließlich ist er ja der Gartenarbeiter eines Theologieprofessors. – Es entspinnt sich folgende Unterhaltung. – Karle: „Endem die Wissenschaft spricht, es geit eine Seelenwanderong." – Frieder: „Was ist denn des?" – Karle: „Des ist, daß d'Mensche-Seal noch-em Taod en en andere Gegestand neifährt, en e Tierle oder sonst so ebbes. So wirst zom Beispiel du, Frieder, wenn de stirbst, höchstwahrscheinlich e Laubfrosch, weil du di so guat ufs Wetter verstohst." – Frieder: „Ah! Noh wurd also dr Hannes, weil er sich so guat ufs Melke verstoht, später emol e Rendviech?" – Karle: „Halt, des ist falsch. Endem die Wissenschaft spricht, daß oiner des, was-er em Leabe schao emole gwea ist, noch-em Taod net nomol werde ka."

Ende der zwanziger Jahre hat Albert Einstein an der Universität Tübingen einen Festvortrag über seine Relativitätstheorie gehalten. In ihrer Eigenschaft als Stadträte waren auch zwei Tübinger Wengerter eingeladen. Auf dem nächtlichen Heimweg erläutert der Christian dem Frieder, der nicht ganz mitgekommen ist, die Relativitätstheorie an folgendem Beispiel: „Also paß uf! Jetz ganget mir zwoi mitenander selt drübe en des Höfle nei; do ist es ganz donkel ond neamert sieht ons, ond no laß i gschwend mei Hos' na', ond du, Frieder, du steckst dei Nas' en mein Arsch nei. Verstande? – So, ond domit host also du e Nas' em Arsch ond i hao-n-e Nas' em Arsch. Dr Onterschied ist bloß der, daß i relativ besser dra ben weder denn daß du."

De gscheite Leut ganget d'Hoor raus,
Sauköpf muaß mr brühe'!

*

Siebe' Johr hent se's Michele mit mr triebe',
i hao's aber glei gmerkt!

DER APFEL FÄLLT NICHT WEIT VOM GAUL

Gog: „De'st ebbes Args, was i Würst fresse muaß, bis meine faif Kender vo de Häut satt werdet."

Ein Gogenbub kommt zum Metzger: „E Pfond Schadefloisch für de Hond, aber net so fett; 's letzt Mol ist-es em Vatter schleacht davo woare."

Ein Gogenweib klagt dem Arzt, daß ihr zweijähriges Töchterchen noch immer nicht sprechen könne. Da meint der ebenfalls anwesende Vater: „Ach was, des Kend muaß jo au koi so Raffel hao wia du."

Ein Gog unterhält sich mit einer Nachbarin über Kindererziehung und bemerkt u. a.: „Wenn i meim Weib ois an d'Gosch na schlag, goht des neamerd nix a; aber d'Kender ploge, des ka-n-i uf de Taod net leide."

Vater: „Jaköble, host de gwäsche?" — Sohn: „Was, Vatterle, was?" — Vater: „Ob de dein Kopf nadonkt häbest?" — Sohn: „Ob-e was häb?" — Vater: „Ob de dein saudomme Riebeleskopf nadonkt häbest?" — Sohn: „Jo, Vatterle, jo!"

Der kleine Fritz muß seinem Vater das Mittagessen in den Wengert bringen. Oben angekommen, stolpert er, so daß sich der Inhalt seines Geschirrs entleert und den Berg hinunterkollert. Er schreit: „Vatter, paß uf, d'Leberknöpfle kommet!"

Ein Bub fällt in die Ammer. Dies wird dem Vater von einem Nachbarn folgendermaßen gemeldet: „Dei Bua ist en d'Ammer neig'schla', dahoim en mei's Weibs Bett leiter, er sieht ganz pfanneblo aus." — Vater: „So, des ist reacht, wenn i hoim komm, noh will-em de Hentere schao versilbere."

„Fritzle, kämm de au, eb de uf d'Gaß naus gohst!" sagt ein Gog zu seinem Sprößling. „Ach, was, zu was denn au?" erwidert der Stöpsel, „des ist doch net naitig, Vatter, i ziag doch e Kapp uf."

Mutter: „Do komm her, Gustävle, ond laß dr dein dreckete Hals wäsche, noh därfst mit dr Ahne morge spaziere gaoh, wenn's schö Wetter ist." – Gustävle: „Jo, gell, ond wenn's morge reagnet, noh stand i do mit meim frischgwäschene Hals."

Ein Raup erzählt im Kreis seiner Kinder, wie schlecht schon die Zeiten gewesen seien und wie er früher oft im kalten Zimmer habe frieren müssen, ohne ein Stück Brot zu haben. Darauf ruft der Kleinste: „Gell, Vatter, do bist jetz aber fraoh, daß de bei ons bist."

Gespräch beim Nachtessen: „Vatter, du host e Hoor am Rüaßel." – Zweiter Sohn: „Sait mr au zu Vatters Gosch Rüaßel?" – Dritter Sohn: „Vatter, wenn de des leidst, noh bist's graißt Rendviech!"

„Du, Muater", fragt der Heinerle, „sag emol, was tuast du jetz eigentlich liaber, flicke oder wäsche?" – Als die Mutter antwortet, sie flicke lieber, atmet er erleichtert auf und meint: „Oh, noh hao-n-e's jo guat verrote. Grad hao-n-e nämlich mei Hos verschisse ond de Hosebode glei rausgschnitte."

Der Schulrat fragt in der jüngsten Mädchenklasse nach den Tierstimmen: Der Hund bellt; die Katze miaut – usw. – Auf die Frage, was der Hahn tue, erfolgt lange keine Antwort. Da wendet er sich an das Luisle: „Jetzt, ihr habt doch so einen schönen weißen Gockeler, was tut denn der, wenn er morgens aufwacht?" – Darauf das Luisle freudestrahlend: „Häer (Hühner) träpple, Herr Schulrat." – Andere Version: „Oier stemple!"

Bei der Schulanmeldung wird der ABC-Schütze für gewöhnlich von den Eltern begleitet. Ein Büble aber kommt ganz allein. Die Frage nach dem Vater beantwortet es: „I hao noh nia koin Vatter ghet ...", und die nach der Mutter: „Koi Muater hao-n-e au net, mi hot mei Tante ledig ghet."

Der zehnjährige Mäxle bringt als neueste Wissenschaft aus der Schule nach Haus: „Vatter, onser Lehrer hot gsait, dr Mensch stamm' vom Affe ab. Ist des wohr?" — „Balla", erwidert der Vater, „du vielleicht, aber net i."

Der Lehrer fragt beim Religionsunterricht, wie die Mutter des Moses geheißen habe. Der Fränzle nennt den Namen einer Pharaonentochter. Lehrer: „Dummer Bub, das war doch nicht seine Mutter; sie hat ihn doch beim Bad im Binsenkörbchen gefunden." — Fränzle: „Herr Lehrer, so sait sui!"

Das Sophiele muß der Mutter helfen, die Kuh zum Farren zu treiben, und lacht dabei immerzu vor sich hin. Fragt die Mutter: „Aber Kend, was lachst denn älleweil so gspässig?" — Darauf das Sophiele: „Oh, Muater, i will bloß au sehe, was des für e Kugelfuhr geit, bis onser ‚Bläß' uf-em Buckel leit."

Im Konfirmandenunterricht kommt der Stadtpfarrer an die dritte Frage und richtet diese an den Karl, den Sohn eines Gipsers. „Sage mir: Was ist ein Christ?" — Prompt erfolgt die Antwort: „Vier Stange ond e Britt!" (Gerüst der Gipser)

Sagt eine ältere Frau zu ihrem 18jährigen Enkel: „O Kerle, wia lang witt denn aber au noh an dene paar Rugele Holz romspalte? Des verleabt mr jo net. Freile, Mopedlefahre des kast, bloß jo nix schaffe! Du bist doch e ganz stenkfauler Blitz! Ach was sag-e au! Net emol des kast. — Narr, du bist sogar noh z'faul zom Stenke!"

„Do stenkt's gottsträflich", meldet sich ein Gogenbub auf die Frage des Lehrers, was es denn für eine Unruhe gäbe. Natürlich war's wieder keiner. Deshalb geht der Lehrer durch die Bankreihen, um den Schuldigen zu „erriechen". Als der Lehrer in bedrohlicher Nähe des Übeltäters kommt, springt dieser auf und ruft: „Herr Lehrer, wenn jeder e Nas' voll nemmt, noh ist der Gstank glei weg."

Eine andere Version, die freilich weit dramatischer verläuft: Klassenzimmer in Alt-Tübingen. Pauker: „Do stenkt's emol wieder wia e-me Saustall!" Der Reihe nach fragt er jeden Schüler, ob er den Gestank verursacht habe. Jeder antwortet natürlich mit „nein". Als er beim Vorletzten auch die Antwort „nein" erhalten hat, packt er den Letzten ungefragt und sagt nur: „Ranze voll!" — Das ist zweifellos angewandte Logik!

„Des verstand i net", sagt die Mutter zum Fritzle, der in der Schule nun schon zum zweitenmal sitzen geblieben ist, „dr Mäxle ist doch schliaßlich au versetzt worde." — Meint der Fritzle trocken: „Der hot wahrscheinlich gscheitere Eltern ghet!"

Der Gottlob, der dem Direktor des Zoologischen Instituts seit Jahren die Abortgrube leert, bemüht sich, seinen Kindern schon früh naturwissenschaftliche Kenntnisse, die er bei seinem Professor aufgeschnappt hat, durch unmittelbare Anschauung beizubringen und interessiert sie besonders für die Aufzucht von Haustieren. Als ihn seine Frau mit Drillingen beschenkt, haben die Kinder fast eine größere Freude als der Vater. Als sie die neuangekommenen Brüderchen betrachten dürfen — diese haben verschiedene Haarfarben: blond, schwarz und rot — umkreist der siebenjährige Franz die Wiege prüfenden Auges. Schließlich meint er, auf den letzteren deutend: „Du Vatter, de Raote ziaget mr uf!"

Vater und Sohn nehmen ein Bad. Beim Ausziehen sagt der Sohn: „Aber Vatter, du host jo ganz dreckete Knui." — Drauf der Vater: „Du Balla, i ben au 30 Johr älter wia du."

Ein andermal: „Vatter, Du host jo dei Hemmed verkaihrt rom a'." — „Waas? Du Lausbua, du witt mir sage, wia mr's Hemmed a'ziagt? — Halt dei Maul oder i schlag dr's Kreuz a', wia schao emol!" — „Desmol woiß i's aber ganz gwieß, Vatter", erkühnt sich der Sprößling, „du host jo d'Scheißete vorne dra."

Einem Gogenmädchen, das als Dienstmädchen bei einer Professorenfamilie beschäftigt ist, wird aufgetragen, in der Neuen Aula beim *Pedell* einen Brief abzugeben. — Völlig außer sich kommt das Hannele mit dem Brief zurück und erklärt unter Tränen, daß es in die Aula bestimmt kein zweites Mal gehe. — — Was denn vorgefallen sei, erkundigt sich die gnädige Frau erschrocken. „Drei Herre hao-n-e noch-em Weg gfroget", erklärt da das Hannele schluchzend, „dr erst' hot me stande lao ond gar nix gsait, dr zwoit hot me ausglachet ond dr dritt hot me e verkommes Mensch ghoiße — — — dabei hao-n-e doch bloß höflich gfroget, wo's zom *Bordell* gang'!"

Das Fritzle will wissen, was ein Ehrendoktor ist. „Dest ganz oifach", meint der Vater. „E Ehredoktor ist koi richtiger Dokter, der därf sich bloß so hoiße." — Meint der Bub: „Noh ist des also grad wia mit de Ehrejongfraue."

Ein Professor fragt ein Büble, das fürchterlich weint: „Was weinst du denn, Kleiner?" — Darauf der Raupenbub: „Träne, Sia Rendviech!"

Mutter: „Mein Bua ist airst seit 14 Täg beim Militär ond hot schao siebe Pfond abgnomme." — Die Nachbarin: „Sell glaub i wohl, beim Militär, do muaß mr sich wäsche."

Eine norddeutsche Professorenfamilie wird nach Tübingen versetzt. Der Vater schickt seinen Sohn, damit er Anschluß finden möge, zu den Söhnen eines schwäbischen Professors, in dessen Wohnung. Dort richtet der junge Norddeutsche schöne Empfehlungen von seinen Eltern aus und nennt deren Wunsch nach gebildetem Umgang. Dabei kommt er jedoch bei dem ältesten Sohn des Hauses übel an. Dieser nämlich wendet sich an seinen Vater mit den Worten: „Hör au, Vatter, jetzt moint des Rendviech, mir seiet gebildet."

Im ersten Stock eines Hauses in der Neckarhalde wohnt eine sehr guttätige Professorenfamilie, im Parterre darunter eine alteingesessene Handwerkerfamilie, deren kleiner Bub häufig oben bei Professors spielen darf. Eines Tages ist der Schlingel so unartig, daß ihm die Frau Professor eins hinter die Ohren geben muß, worauf er zornig und ohne Gruß davonläuft und die Tür hinter sich zuknallt. – Wenig später jedoch streckt er den Kopf wieder herein und sagt: „Host au ghairt, daß i net ‚adje' gsait hao?"

Vater und Sohn gehen zur Arbeit auf den Österberg. Beim Hinweg bemerkt letzterer im Nachbargrundstück einen „herrenlosen" Schubkarren und macht den Vater darauf aufmerksam. Der Vater: „Schao gsehe, em Ra'!" (beim Heruntergehen, auf dem Rückweg). Als sie wieder zurückkommen, ist der Karren aber nicht mehr da. Da meint der Vater: „Guck, Frieder, ehrlich währt am längsten."

Vater zum erwachsenen Sohn, der einen vorteilhaften Kuhhandel macht, wobei der Vater zu den übertriebenen Anpreisungen des Tieres schweigt, wenngleich ihm dessen Mängel bekannt sind: „Du zahlst jetzt deim Vatter e Flasch Wei!" – Sohn: „Noi, i zahl dr koine." – Vater: „Ond i sag, du zahlst!" – Sohn: „Fällt mr net em Schlof ei!" – Vater: „Hao-n-i di gmacht oder du mi?" – Sohn: „Hättest me jo könne staoh lao!"

Ein 70jähriger Wengerter verrichtet mit seinem 50jährigen Sohn eine schwere Feldarbeit. Als letzterer ihm nicht kräftig genug anfaßt, sagt zu ihm der Alte: „Schäm de, Karle, narr, mit deine Knoche schmeiß i noh Biare ra'!"

Der Sohn spaltet Holz. Es pressiert ihm aber nicht. Der Vater ermahnt ihn, emsiger zu sein, sonst komme er na' und schlag ihm d'Backe voll. Der Sohn: „Halt dei Gosch!" — Vater: „So hätt i et zu meim Vatter sage möge." — Sohn: „Du wurst en schöne Vatter ghet hao!" — Vater: „Narr, en bessere weder denn daß du."

Zu einem Professor kommt der halbwüchsige, aber schon recht kräftige Sohn eines Raupen und bettelt ihn an. Auf die Frage nach seinen Familienverhältnissen erzählt der junge Gog, daß er noch einen Bruder habe, aber der sei auf der Universität. — „Was?" entrüstet sich da der Professor, „dann verjubelt also der wohl das Bettelgeld?" — „Oh noi, Herrle", entgegnet da der Raupensprößling, „der macht koine sotte Spröng, der ist en Spiritus, der hot zwoi Köpf!"

Zur Zeit, als man noch keine Wasserleitung kannte, standen einmal mehrere Weiber am Haagtorbrunnen in angeregtem Gespräch. Einige Buben spielten „Schoppis" (Verstecken). Alle waren beim Spiel gefunden worden bis auf den Heinerle. Vergeblich war alles Suchen. — Plötzlich streckte er seinen Kopf aus dem Rockschlitz seiner Mutter heraus und rief: „Des gilt aber fei net! Wenn mei Muater koin Furz glao hätt, noh hättet ihr mi noh lang net gfonde."

Hand aufs Herz, gnädige Frau, haben Sie eigentlich das Geleitwort gelesen? — Wenn nicht, empfehlen wir Ihnen, das nächste Kapitel anstandshalber zu überschlagen!

FALLOBST

Eine Professorenwitwe entdeckt, daß ihre Perle von Köchin schwanger ist. „Aber, aber, Luise! Schämen Sie sich denn gar nicht? Haben Sie sich denn das Nötigste für das Kind schon besorgt." — Luise empört: „Wo denket Sia au na, mir send reachte Leut, des Kendszeug hao-n-i mir schao beim airste Kend solid ond reacht agschafft."

Der ledige Scheuffele ist auf Unterhalt für ein uneheliches Kind verklagt. — Amtsrichter: „Also hören Sie, Herr Scheuffele, die hier anwesende Marie Kutterer will ein Kind von Ihnen haben." — Der Angeklagte: „Mit Verlaub, Herr Amtsrichter, muaß des glei sei oder hot's noh e Weile Verzug?" — Amtsrichter: „Ich verbitte mir solche Scherze! Sie waren in solchen Dingen schon öfters hier und wissen, daß es sich darum handelt, ob Sie es in der kritischen Zeit mit der Marie Kutterer *allein* gehabt haben." — Angeklagter: „Des ist glei verloge, Herr Amtsrichter, i hao's au mit dere ihrer Schwester ghet." — Amtsrichter: „Wenn Sie jetzt nicht ordentlich antworten, so laß ich Sie abführen. Sie wissen genau, daß es sich hier ums Zahlen handelt." — Angeklagter: „I will von dere Marie ganz gwieß nix." — Amtsrichter (nachdem Scheuffele schließlich den Anspruch anerkannt hat): „Nun, Herr Scheuffele, Sie sind schon öfters aufs Zahlen von Unterhalt verurteilt worden; die mehrfachen Zahlungen können Sie auf die Dauer doch gar nicht erschwingen. Meinen Sie nicht, es wäre am gescheitesten, Sie würden sich nun einmal eine Frau nehmen?" — Angeklagter: „Des hao-n-i kürzlich au emol probiart, noh ist aber dr Ma' dazua-komme ond hot me d'Stiage na' gschmisse, drom laß i des könftig liaber bleibe."

Zwei Gogen stehen am Anlagensee und betrachten wohlgefällig und eingehend die beiden wohlproportionierten Nymphen (von Dannecker). „Hm, hm“, meint gedankenvoll der eine, „do sieht mr airst, was mir dahoim für-en Krust (Ausschußware) hent.“

Eine rodelnde Studentin fällt vom Schlitten und überkugelt sich. Ein vorübergehender Gog bleibt, mit beiden Händen in der Tasche, stehen und lacht sich ob des Anblicks die Haut voll. Die Studentin erhebt sich endlich und ruft dem Gogen sehr erbost, weil er ihr nicht behilflich war, zu: „Schämen Sie sich, Sie sind kein Mann!“ — Darauf der Gog: „Sia aber au net, soviel-e grad gsehe hao.“

Bei einer Gerichtsverhandlung kommt zur Sprache, daß eine schon ältere Zeugin zarte Beziehungen zum Angeklagten unterhalten haben soll, was den Vorsitzenden veranlaßt zu sagen, daß das bei dem Alter der beiden doch kaum glaubhaft sei. Er wird aber durch eine weitere Zeugin aus dem Zuhörerraum eines besseren belehrt: „O, Herr Amtsrichter, de alte Küah schlecket au noh gern Salz!“

Zwei Brüder haben einen Lichtkarz besucht, wo verschiedene gruselige Geschichten erzählt wurden. Um Mitternacht steht vor dem Bett des einen, ihn weckend, der andere in ein weißes Leintuch gehüllt. Auf die Frage „Mensch oder Geist?“ tönt dumpf die Antwort: „Ich bin ein Geist!“ — Der Bruder im Bett dreht sich um mit den Worten: „E Mensch (ein Weib) wär mr liaber.“

Als man einem jungverheirateten Ehemann zu seinem guten Geschmack gratuliert und ihm versichert, was für ein reizendes Fraule er sich da doch ausgesucht habe, meint er: „Ha, worom hätt i solle e Wüaste nemme? — E Schöne frißt au net maih!“

Ein junger Gog geht in einen Blumenladen, um für sein Mädle einen Geburtstagsstrauß zu kaufen. Da er unschlüssig ist, was für Blumen er wählen soll, rät ihm die — offensichtlich lyrisch veranlagte — Verkäuferin: „Wenn Se Ihr Mädle *kose* wöllet, noh nemmet Se am beste *Rose*, wenn Se se *küsse* wöllet, nemmet Se *Narzisse*." — „Guat", meint da der Gogenjüngling, „noh gent Se mr no glei en graoße Strauß *Wicke!*"

Ein Hochzeitspaar geht zur Trauung in die Kirche. Der Bräutigam, ein starker Raucher, dampft mit seiner Tabakspfeife bis vor die Kirchentür. Da nimmt ihm die Braut die Pfeife aus dem Mund und verbirgt sie in ihrem Rockschlitz. In der Kirche bemerkt ein Hochzeitsgast den von der Braut aufsteigenden Rauch und meint: „Donnerwetter, de mei' ist au reacht fuirig gwea, wo-n-e se gnomme hao, aber so arg doch net, daß se graucht hätt."

Der Heiner hockt in der Wirtschaft und brütet ganz trübsinnig vor sich hin. „Wia, Kerle, was host denn?" fragt ihn teilnehmend der Christian, „jetz host doch airst vor e paar Woche gheirotet; bist denn du net glücklich?" — „Pfeifedeckel", seufzt da der Heiner, „narr, i hao älleweil gmoint, des sei Leideschaft bei meim Weib; ond jetz, jetz stellt sich raus, des ist älles bloß Asthma."

Früher waren auch in Gogenhaushalten breite Himmelbettladen üblich, die über den Schlafenden eine hölzerne Decke hatten, auf der neben allerlei Hausrat auch frisches und gedörrtes Obst aufbewahrt wurde. Da ergab es sich einmal, daß aus einem gehäuften Äpfelkorb während der Bewegung, die von den Eheleuten ausging, ein Apfel hinunter in das Bett des kleinen Fritz rugelte. Der Bub verzehrte denselben unter der Decke und rief dann, als es ruhiger geworden war: „Vatter, nottel mr au nomol so e Äpfele do ra'!"

Ein Bub wacht nachts an einem Geräusch auf und fragt seinen Vater. was das sei. Der erwidert: „Sei no still, d' Muater hot de Krampf ghet, aber i hao se massiert, ond jetz goht-er's scho wieder besser." Anderntags bringt der Bub dem Vater das Vesper in den Wengert und erzählt: „Denk dr no, d'Muater hot wieder de Krampf ghet, aber do ist zom Glück dr Briafträger komme ond hot se massiert."

Zwei Gogen verabreden sich zu einer Maientour auf 5 Uhr früh. Als der eine den andern abholen will, findet er das Haus verschlossen, das im Parterre liegende Schlafzimmerfenster dagegen nur angelehnt. Da auf sein Pfeifen und Rufen sich nichts rührt, öffnet er das Fenster ein wenig, wirft einen kurzen Blick in das eheliche Schlafgemach und ruft: „Du Hannes, i gang derweil voraus, du fangst mit schao noh, du bist jo beritte."

Der Karle sagt zu seinem Weib eines Sonntagmorgens: „Du Alte, wenn-e me halt so en äller Gmüatsruah rasiert hao, fühl-e me tatsächlich om voole zwanzig Jährle jönger." — Darauf das Weib: „Au, Karle, woißst was? — Wenn des so ist, tätest de eigentlich gscheiter obeds rasiere, eb mr ens Nest ganget."

Ein Gog beklagt sich bei einem Professor über seine harte Arbeit und beneidet diesen, daß er es so schön habe. Der Professor entgegnet, daß auch er viel zu tun habe, morgens Kolleg und nachmittags Seminar, seine einzige Erholung sei, daß er nach dem Mittagessen ein Stündchen auf seiner Veranda liege. — Der Wengerter: „Au, Herr Professor, hot Eahne Ihr Frau aber en schöne Name."

Ein Gog hat Händel mit seinem Weib und meint endlich: „Wenn i no de Gätzger (Schluckauf) ghet hätt domols, wo me dr Pfarrer gfroget hot, ob e di wöll."

Ein Raupenehepaar lebt des Tages in Zank und Streit. Des Nachts aber vertragen sie sich wieder, und das auf folgende Art. Er: „Will mr oder will mr net?" — Sie: „Mr hot noh nia gsait, mr wöll net."

Ein Weib kam alle paar Wochen jammernd ins Pfarrhaus gelaufen und beklagte sich bitter über ihren Mann, der sie ständig quäle und schlage. — „Meine gute Frau", wandte da der Geistliche ein, „dann verstehe ich nur nicht, daß Sie trotzdem alle Jahre ein Kind bekommen." — „Ja no", antwortet das Weib, „was tuat mr net älles en dr Wuat!"

„Vatter! Du sollest glei hoimkomme, 's ist Eiquartierong do." — „Was für e Truppetoil?" — Sohn: „Reiter! Dr Bloser ist schao bei dr Schwester." — Vater: „I komm glei, spreng ond schmeiß 's Beile ra, dem lasset mr 's Kreisch (Eingeweide) raus!" — Andere friedlichere Version: „Vatter, sperr d'Marie ei, d'Manöverer kommet!"

Anläßlich eines Manövers bekommt eine Gogenfamilie Einquartierung. Da es an Betten mangelt, wird der Soldat zur Tochter gelegt. Als Keuschheitsschutz freilich wird dieser von der Mutter eingeschärft, den hinteren Hemdzipfel in den Mund zu nehmen und mit den Zähnen festzuhalten. Dann könne nichts passieren. — Anderntags erklärt das Babettle: „Muater i hao's net ganz so mache könne; i hao halt de vordere Hemmedzipfel en d'Gosch gnomme, weil — — — dr hentere ist verschisse gwea."

„Vatter, Vatter, komm schnell", ruft der Mäxle seinem vom Wengert heimkehrenden Erzeuger zu, „e Student ist dob beim Mariele en dr Kammer!" — „Vo welcher Korporatio' (Studentenverbindung) ist-er denn, der Denger?" fragt der Gog zurück. — Der Sohn nennt ein angesehenes Tübinger Korps. Darauf der Vater: „Laß-en noh, der ka zahle!"

Es war im April 1945, als die Franzosen in Tübingen einrückten. Der Karle und die Karlene bekamen Einquartierung, und da kein weiteres Bett vorhanden war, legte man den Franzmann vertrauensvoll zwischen die beiden Eheleute ins „Gräbele". Mitten in der Nacht fühlt sich der Karle wachgerüttelt, und er vernimmt die gedämpfte Stimme seiner Angetrauten: „Du Karle, was soll-e denn au mache, der Franzos leit bei mir ond ..." — „Domme Ga(n)s", erwidert da der Karle, „noh saist-em halt, daß-es so ebbes bei dir net gäb ond er soll schleunigst ufhaire ond sich wieder ens ‚Gräble' lege." — Die Karline aber — diplomatisch wie die Weibsleut sind — entgegnet: „Sag-em's doch du, Karle, i ka net französisch."

Der Heiner von der Mordiogaß will das Mariele von der Hohentwielgaß heiraten. Sein Vater aber hat schwere Bedenken. „Bua", sagt er verlegen, „des Mädle ka'st net heirote; des ist jo vo mir". — Als Heiner der Mutter seinen Kummer vorträgt, lacht diese nur: „Do ka'st ganz beruhigt sei, Bua! Des Mariele ka'st du guat heirote. Du bist jo gar net vo deim Vatter, du bist doch vo'me Studente!"

Wutentbrannt eröffnet ein Gog dem Vater eines Studenten, daß die Sophie, was seine Tochter sei, ein Kind von seinem „ehrenwerten" Herrn Sohn erwarte. Nach langem Hin und Her bietet der Vater einige tausend Mark als Abfindung, die der Gog — nunmehr besänftigt — sogleich zu sich steckt. Unter der Türe aber bleibt er nochmals stehen, dreht verlegen seinen Hut in den Händen und meint treuherzig: „Was-e noh sage will, Herr Direktor, für de Fall, daß sich mei Sophie mit dem Kend je täuscht han sollt, därf i Ihren Herrn Sohn doch nomol bemühe, gell?!"

**Aus manchem Spaß wurd Ernst —
ond aus manchem Späßle e Ernstle!**

Ein norddeutscher Student lädt seine „filia hospitalis", ein hübsches Gogenmädchen, zu einem Sonntagsspaziergang nach Schwärzloch ein. Unterwegs — die Unterhaltung will gar nicht recht in Gang kommen — bemerkt er galant: „Ach, Fräulein Klara, haben Sie aber einen schönen weißen Hals." — Darauf geschmeichelt das Klärle: „Freile, Herr Schulze, ond so ben-i durna!" (d. h. durchweg von Kopf bis Fuß)

Das Liesele hat ein Rendezvous. Die Mutter ermahnt es: „Also gell, obedengt nötig ist es fei nette, daß-er de ganze Obed Händchenhalte spielet." — Darauf die 17jährige: „Wo denkst au na, Muater, so altmodisch send mir nemme."

Die Bärbel war spät nachts von einer Gesellschaft nach Hause gekommen. Am Morgen erkundigt sich die Mutter: „De bist doch hoffentlich mit-em Taxi hoimgfahre!" — „Noi", erwidert die Maid, „e Bekannter hot me mit seim Wage hergführt." — „So, so", meint die Mutter argwöhnisch, „no hoff i bloß, daß-er seine Händ am Lenkrad glasse hot." — „Ach was! Reg de doch net älleweil so uf", entgegnet die Tochter, „e Taxe wär au net omesonst gwese."

Das Rösle will höher hinaus und prahlt gern mit ihren verschiedenen Studentenbekanntschaften. Sie wird deshalb vom Luisle, ihrem Bäsle, geneckt: „Was du net saist, Rösle! — Em Seufzgerwäldle also bist gwä gerst obed ond dazuna mit e'me Philologe?" — „Ond ob", trumpft das Rösle auf, „narr, schao noch dr airste halbe Stond ist mr's uf sellem Bänkle ganz akademisch woare!"

Auch das Annale sitzt mit einem Studenten im Seufzgerwäldle auf einem Bänkle. Zunächst spricht man über das Wetter, und die Kleine meint, „heut ist-es aber arg donkel, Herr Krause, alloi tät-i mi do fürche." — „Sie haben recht, Fräulein Anna", stellt der Studiosus fest, „man sieht die Hand vor den Augen nicht." — „Na, na", kichert das Annale, „do hent se ihr Hand jo au gar net."

Bei den zahlreichen Tanzveranstaltungen anläßlich des Universitätsjubiläums 1927 mangelte es allenthalben sehr an Damen. So wurde auch das Dorle, ein blitzsauberes Weingärtnerstöchterchen, von einer Studentenverbindung zum Ball eingeladen. Ob solcher Ehre natürlich sehr geschmeichelt, fragt die Mutter am Morgen nach dem Ball: „Hoffentlich hent di dia feine Herre au ästimiert?" — „Freile, Muater, was denkst au?", erwidert noch ganz beglückt die Kleine, „dreimol sogar — zwoimol em Garte ond oimol em Salon."

In seinem Wengerthäusle überrascht ein Gog nach Feierabend seine jüngste Tochter in den Armen eines Studenten, und zwar just in dem Augenblick, als sich dieser angelegentlich mit dem wohlproportionierten Inhalt ihres Mieders befaßt. Während es dem erschrockenen Babettle mit knapper Not gelingt, dem väterlichen Strafgericht durch rasche Flucht zu entgehen, sieht sich der verliebte Musensohn unversehens von derben Fäusten gepackt. Vergebens sind seine Beteuerungen, es sei doch nichts Ernstliches passiert. Der aufgebrachte Gog nimmt ihn beim Wickel mit den Worten: „Nix do, Mändle! — Was-e gsehe hao, hao-n-e gsehe! — Wer an d'Äpfel goht, goht au an d'Zwetschge!"

Ein Professor geht in einer lauen Maiennacht noch spät durch das Seufzerwäldle. Plötzlich vernimmt er aus nächster Nähe seufzende, ihm sonderbar dünkende Geräusche. Bestürzt hält er inne und ruft in die Dunkelheit: „Um Himmels willen, wird hier jemand ermordet?" — Eine frische männliche Stimme antwortet spontan: „Em Gegetoil!"

D' Fremde geit Leut, hot sell Mädle gsait —
ond ist mit'me Schubkarre' voll Kender hoimkomme'!

Zur guten alten Zeit geht der Deyle am hellichten Werktag im Sonntagsanzug über die Eberhardsbrücke. Ein Bekannter fragt ihn, wo er denn herkomme. „Ha, wo werde herkomme? Z'Stuagert ben-e gwea." Frage „Host au de König gsehe?" — Antwort: „Ha was denn sonst?" — Frage: „Ja, was hot-er denn gsait?" — Antwort: „Was wurd-er au gsait hao: Charlott (die Königin) gang na' en Kear ond hol e Krüagle Moost ruf, dr Paule vo Tübenge ist do ond der hot emmer Durst! — Ond guck au glei, ob net noh en ufgwärmts Sauerkraut em Raihrle (Warmhalterohr in Ofen oder Herd) ist?"

König Wilhelm II., der nach seiner Abdankung in Bebenhausen lebte, begegnete im Schönbuch einem Weib, das Beeren suchte. Nach ihrem Ergehen gefragt, antwortete sie bedrückt: „Ha, wia ka's oim schao gaoh, seit mr koin glernte König maih hot."

Zwei Gogen fahren mit der Bahn von Tübingen nach Horb. Unterwegs steigt in Rottenburg ein Neger in den Zug und setzt sich den beiden gegenüber. Der eine Gog zum andern: „Du, dear ist au net vo hia."

Ein Raup steigt in Stuttgart am Hauptbahnhof in einen Wagen der Linie 6 und möchte bis zum Wilhelmsbau fahren. Der Wagen wird immer mehr besetzt, so daß der Gog ohne seinen Willen nach innen geschoben wird. Kaum ist er aber dort, da wird er auch schon wieder nach draußen gedrängt. Inzwischen kommt der Wagen zum Wilhelmsbau, und der Schaffner fordert den Gogen auf, einen Fahrschein zu lösen. Dieser entgegnet: „Des wär mr schao z'domm, i ben jo de ganz Strecke do ruf gloffe!"

Ein Gog kommt während der Inflationszeit nach Stuttgart. Der Straßenbahnwagen fährt ab, noch ehe er einsteigen kann. Er springt ihm aber nach und sucht ihn zu erreichen. Der Schaffner, der den Raupen springen sieht, gibt ihm zu verstehen, daß gleich ein weiterer Wagen nachkomme. Darauf der Gog: „Bis dr nächst Wage do ruf schnauft, schlägt's Fahrgeld doch wieder om 50 Mark uf."

Die Gogen können auch wortkarg sein. Vater und Sohn fahren mit dem „Sofa-Zügle" (so genannt wegen der damals neu eingeführten Polsterung) nach Stuttgart. Beide haben einen Fensterplatz und betrachten aufmerksam die vorüberfliegende Gegend. Plötzlich – kurz nach Metzingen – ruft der Sohn: „Vatter, guck au, wia schö doch do dr Haber stoht!" – Sie erreichen schließlich die Residenzstadt und machen ihre Besorgungen. Am Nachmittag fahren sie wieder zurück. – Als sie wieder an das besagte Haberfeld kommen, meint der Vater „... ond dr Woize-n-au!"

Es war um die Jahrhundertwende. In der Universitätsstadt hatte eine Naturforschertagung stattgefunden. Zum Abschluß lud Magnifizenz die Gäste zu einer Fahrt auf den Hohenzollern ein. In sieben Kutschen ging's Richtung Hechingen. Einer der Kutscher war der Hannes aus der Salzstadelgasse. Es muß den Gästen auf der Zollernburg bei frohem Umtrunk gut gefallen haben. Nach der Rückkehr erklärte der Hannes seinen Freunden im „Hanskarle" jedenfalls: „Narr, 's Schönst ist gwä, daß i lauter *Glehrte* auf de Zoller nufgführt hao ond lauter *Volle* ronter!"

Eine Frau beklagt sich beim Gemeindeoberhaupt über ihren Mann. „Warum haben Sie ihn denn genommen, wenn er so viele Fehler hat?" – Darauf das Weib: „Ja, we-mr älles wüßt, wäret Sie au net Schultes woare."

Zwei Taglöhner sind auf einem früheren Begräbnisplatz bei der Stiftskirche mit Grabarbeiten beschäftigt, wobei sie vielerlei Knochen zu Tage fördern. Schließlich graben sie ein noch gut erhaltenes Skelett aus. Der eine betrachtet es aufmerksam und fragt schließlich: „Du Gottlob, ist jetz des früher e Ma' gwea oder e Weib?" — „Balla, saudommer", entgegnet dieser, „des muaßt doch sehe, daß des e Weib gwea ist, se hot jo d'Gosch noh offe!"

Der Vater arbeitet im Wengert. Da kommt sein Ältester gelaufen: „Vatter, du sollst hoimkomme, d'Muater hot en Buabe." — „Jo, i komm, i will bloß noh des kloi Stückle do omschore." — Unterdessen kommt sein Zweiter angerannt: „Vatter, de sollst glei hoimkomme, d'Muater hot nomol en Buabe." — „Do sieht's guat aus", meint der Gog, „i will bloß noh mei Gschirr zsammerichte, noh komm-e glei." — Während er dies tut, sieht er von weitem seinen Dritten herbeieilen. Entsetzt läßt er alles stehen und liegen und rennt heim mit den Worten: „Jetz muaß-e aber em Galopp hoim, sust hairt des Luader nemme uf!"

Die Frau eines Raupen, der fast jede Nacht schwer betrunken nach Hause kommt, möchte ihrem Mann Angst machen und hüllt sich deshalb in ein weißes Bettuch. Mit schwerer Schlagseite kommt der Gog heim. Als er die Gestalt dastehen sieht, fragt er: „Wer bist du?" — „I bin ein Geist!" klingt's ihm entgegen. — „Gott sei Dank, daß du e Goist bist", sagt darauf der Raup, „i hao schao Angst ghet, 's wär mei Alte."

Bei einem heftigen Bruderzwist hat der Frieder den Helm so verprügelt, daß der Fall vors Gericht kommt. Den Hinweis des Richters auf die Lieblosigkeit des Täters seinem leiblichen Bruder gegenüber quittiert der Angeklagte: „Des ist lauter Pikanterie vo meim Helm, weil i sechs Schätzle hao ond er koi gotzigs."

Hannes hat gehört, daß die Hexen weiße Knie haben. Nach einer bei seinem Weib angestellten Untersuchung: „O Kätter! Tuar no dein Rock wieder na'. E Hex bist net, aber e Drecksau!"

In der unteren Stadt brennt es. Die Löschmannschaft aber ist diesmal nicht so eifrig bei der Arbeit wie sonst. Da ruft in seiner Verzweiflung der Kommandant, Werkmeister Dannemann: „Deant au, so deant au!" (betätigt euch!). Von Stund an hieß der Kommandant „Deant-au" und ist's geblieben, so lange er lebte.

Ein Gog stürzt vom Dach. Am Küchenfenster vorbeifallend, ruft er seinem Weib zu: „Karlene, de brauchst heut bloß für ois koche; i iß heut en dr Klenik!"

Zur Zeit der Universitätsferien wurde von altersher in den Hörsälen der Hopfen getrocknet. So zogen auch an einem Herbsttag mehrere Gogenfamilien mit ihren Hopfendolden — auf Kinderwagen, Schubkarren und sonstigen fahrbaren Geräten verladen — hinaus in die Aula. Aber — o Graus! — die Pforte ist verschlossen, und der Pedell erklärt feierlich: „Liebe Leute. Das ist nun vorbei. Der Staat erlaubt's nicht mehr." — Darauf ruft einer aus dem Publikum: „Wer ist der Staat?" — Chorus: „Der Staat sind wir!" — Eine Stimme aus dem Hintergrund: „Dr Staat ist e Rendviech!"

Ein Wengerter geht an einem Neubau vorbei, da fällt ihm eine Dachplatte direkt auf seinen Kopf und geht in Scherben. „Gent doch au Achteng", ruft er den Dachdeckern zu, „goht mr au so mit-em Material om!?" — Nach einer anderen Version hat er ein Schwein am Strick und ruft: „Achteng! 's hätt jo des arm Tierle treffe könne!"

Anläßlich eines Umbaus werden am alten Landgericht die großen Eisenblech-Buchstaben „Landgericht" abgenommen. Einer dieser Buchstaben fällt einem Arbeiter auf den Kopf und schlägt ihn zu Boden. Die zu Hilfe Eilenden beruhigt ein Kamerad mit den Worten: „'s tuat-em nix, 's ist jo bloß-es woiche D gwea!"

„Wisset-er au scho", meint der Karle beim Stammtisch, „daß mr zur Zeit en onserem Städtle 8000 Elefante hent?" – Da ihm niemand glauben will, fährt er triumphierend fort: „Ond wenn-e sag; narr, seit dere gestrige Oberbürgermoisterwahl (1954) hänget 8000 de Rüaßl na!"

Bei einem Vereinsjubiläum (1955) kommt im Verlauf der Feier ein Bub neben das Stadtoberhaupt zu sitzen. Nach einigem Überlegen faßt er sich ein Herz und fragt: „Sia, Herr Oberbürgermeister, saget Se au emol, was hot eigentlich so e Oberbürgermeister außer Bierfässer a'steche ond Redene halte sonst noh älles zom do?"

Ein Straßenkehrer fegt in der unteren Stadt gemächlich einmal hin und einmal her. Ein Straßenpassant sagt freundlich zu ihm: „Do sott mr halt bei jedem Zug e Mark ufhebe könne, gell!" – Darauf der Straßenkehrer: „Noh wär i net do, liaber Ma, noh tätet d'Herre d'Gasse selber feage."

Ein Bauer vom Land fragt den alten Onkel vom Hanskarle (einen bekannten Witzbold), wo man einen „Faulenzer" (Rechenhilfe) kaufen könne. Der Onkel: „Gang no uf's Kameralamt, do hot's Faulenzer gnuag."

Ein Fremder steht vor dem renovierten Tübinger Rathaus und bewundert den stattlichen Bau. „Wieviele Beamte arbeiten denn da drin?" will er wissen. Gog: „Bloß d'Hälfte!"

Ein vornehm gekleideter Herr fragt im Rathaus einen Wengerter nach dem Amtszimmer des Herrn Gemeindevorstehers. Antwort: „Ganget Se den Gang do nonter bis zu dem Schild ‚Aufgang verboten!'. Dort ganget Se zwoi Treppe nuf bis zu der Tür, wo stoht ‚Verbotener Eingang!', do ganget Se nei ond en dem Gang weiter hentere bis zur Tafel ‚Nicht lärmen!' — Jo, ond dort schreiet Se reacht laut noch-em Schultes."

Ein städtischer Arbeiter führt, um aufzuräumen, einen großen Sandhaufen in umständlicher Weise weg und lagert ihn, kaum 10 Meter daneben, auf demselben Hof. Ein Fremder kritisiert das und meint, das koste die Stadt ja ein schönes Stück Geld unnütz! Darauf der Gog: „Des ist net so arg. Wenn e Schreibersknecht uf-em Rothaus e Tentesuckel macht ond acht Tag lang dra romradiert, sell kostet viel maih!"

Ein armer Raup tauft seine Söhne mit hochklingenden Namen: Alexander, Columbus, Hektor usw. mit der Begründung, daß er seinen Buben nichts mitgeben könne als schöne Namen. Als ihm sein sechster Sohn geboren wird, wählt er — da dieser Name gerade im Kalender steht — „Casimir". Auf dem Standesamt nach dem Namen befragt, antwortet er „Buxking". Das ist doch kein Name, weist ihn der Beamte zurecht. „So stoht's em Kalender." — Beamter: „Aber da steht doch ‚Casimir'!" Gog: „I hao's Eahne doch glei gsait, doß-es so e Hosestoffname ist." Vom Beamten vor die Tür geschickt, um sich auf einen besseren Namen zu besinnen, erkundigt sich der Gog nach dem Vornamen des Oberbürgermeisters und erhält die gewünschte Antwort. Kurz darauf tritt er wieder ein und sagt: „No soll-er halt au ‚Julius' hoiße."

Einige Straßenarbeiter sind ausgiebig beim Vespern. Ein Gog kommt vorbei und meint: „So möcht-e bloß au schaffe könne, wia ihr fresse!"

Einem Reutlinger, der eine Ferienreise nach Paris unternommen hatte, war in einem Restaurant die Suppe zu „leis", zu wenig gesalzen. Also wandte er sich in seinem besten Französisch und mit einer deutenden Geste an seinen Tischnachbarn: „Dü sel, Mossieh!" Der Monsieur Nachbar schaute auf, musterte die umsitzenden Damen und fragte zurück: „De wel? (Die welche?)" — Er war nämlich aus Tübingen.

„Hannele! Sau!" hört ein aus Norddeutschland nach Tübingen verschlagener Theologie-Professor einen Dreikäsehoch seiner kleinen Spielgefährtin zurufen. — „Aber, aber, wer wird auch so schimpfen!" meint er mit warnend erhobenem Zeigefinger. — Ein schwäbischer Professor, der das zufällig mitbekommen hat, klärt ihn auf: „Verzeihung, Herr Kollege, das war kein Schimpfwort, das war ein Imperativ" (sauen = rennen).

Bei einer Gemeinde-Visitation wird die Wohnung eines Gogen vom Gesundheitsamt beanstandet, weil das Schlafzimmer unmittelbar neben dem Schweinestall liegt. Der Amtsarzt macht den Raupen darauf aufmerksam, daß das doch sehr ungesund sei. „Sell glaub-i net", meint der Gog, „mir ist emol noh nia koi Sau verreckt!"

Ein norddeutscher Student bekommt Besuch von Mutter und Schwester. Die beiden werden anstandshalber von den Wirtsleuten ins gute Zimmer gebeten. Als die beiden stark parfümierten Damen gegangen sind, meint der Frieder: „So e Gstank! — Karlene, mach d'Tür zom Saustall uf, daß frische Luft rei ka!"

Der Christian verkauft dem Hannes ein Schwein. Beim Heimtreiben bemerkt der Käufer, daß das Tier hinkt. Auf seine Reklamation wird ihm erwidert: „Hao-n-i dir dui Sau vielleicht zom Spaziereeite verkauft?"

Ein Gog läßt sich inmitten seiner Schweine photographieren. Voll Stolz zeigt er das Bild beim Stammtisch herum und betont: „Der en dr Mitte, des ben i."

Ein Raupenweib fragt ihren Mann, warum er denn seinem Nachbarn auf die Frage, wie das Geschäft gehe, keine Antwort gegeben habe. Darauf der Gog: „Sag i, 's goht schleacht, noh freut sich der Lomp, sag i, 's goht guat, noh pompt-er mi glei om zwanz'g Mark a."

Ein Weib bringt ihrem Mann zum Mittag Nudelsuppe in den Wengert. Da ein starker Wind geht, verfangen sich die Nudeln immer wieder im Schnauzbart des Gogen. Unwillig fährt er sein Weib an: „Woißt du denn net, daß i koi Nudelsupp mag, wenn e Wend goht!"

Der Gottlob liegt schwer krank in der Klinik und glaubt, daß er bald sterben muß. Als ihn der Hannes besucht, mit dem er viele Jahre lang allabendlich im „Meierhöfle" etliche Viertele geschlotzt hat, nimmt er diesem das Versprechen ab, er möge nach seinem Tod jede Woche ein Glas Wein über seinem Grab ausleeren, damit er nicht verdurste. – Wenige Tage danach stirbt der Gottlob tatsächlich. Beim Leichenschmaus erzählt der Hannes der Tischrunde von diesem seltsamen Wunsch des Verstorbenen. – „Ja, ond . . .?" meint da der Ottl, „witt du des saudomm Vermächtnis wirklich ei'löse? 's wär jo schad om jeden Tropfe!" – „Gscheitle", entgegnet der Hannes verschmitzt, „natürlich halt i mei Verspreche, aber airst, wenn dr Wei über meine Niere gloffe ist."

Die Kätter guckt jeden Morgen, kaum daß es Tag ist, zum Fenster hinaus. Schließlich wird sie von einer Nachbarin gefragt, ob sie denn nicht schlafen könne, weil sie jeden Morgen schon so bald auf sei. – „Jo", sagt sie, „schlofe könnt i schao, aber bei dere lange Schloferei macht mr maih am Bett he, als Gotts Will ist."

Zwei Gogenweiber stehen geraume Zeit bei der Krummen Brücke bei einem „Schwätz". Als es von der Uhr am Bürgerheim schließlich 11 Uhr schlägt, sagt die eine: „Ui Jegerle, jetz muaß-e aber schnell hoim zom Koche!" Auf die Frage der Nachbarin, was sie denn Gutes koche heut, erwidert sie: „Narr, Käs ond Moost, des mag mei Ma, des koch i äll Tag."

Es war 1937. Der Karle und der Frieder sitzen beim Viertele im Rebstöckle und der letztere berichtet, daß Reutlingen nun auch eine Garnison bekomme, allerdings werde dort kein Infanterieregiment einziehen wie in Tübingen, sondern eine Artillerie-Einheit. „Was du net saist!" staunt der Karle. Der Frieder aber fährt fort: „Ond woißt au worom? — — Narr, de'st doch ganz einfach, do loht sich nämlich so ällerhand eispare. Z'Reutleng' send d'Protze schao do!"

Zwei Raupen gehen miteinander in den Wengert. Der eine fragt: „Frieder, geit's des Johr Hase?" — Dieser: „Jo, letzt hao-n-e no so provisorisch mei Hau en Klaie neigschmisse, noh hot's glei oin gea."

Ein Gog kommt am Sonntagvormittag nach Hause. Dabei entspinnt sich folgendes Zwiegespräch. Sie: „Wo kommst her?" — Er: „Vo dr Kirch." — Sie: „Wia isch gwea?" — Er: „Dr Pfarr' hot predigt." — Sie: „Vo was hot-er denn predigt? — Er: „Vo dr Sünd halt." — Sie: „Ond was hot-er dazua gmoint?" — Er: „Er ist net dafür."

Der Pfarrer besucht einen Gogen und findet diesen zu seiner Freude bibellesend vor. Schon bald erkennt er, daß den Christian religiöse Zweifel plagen. „Wisset Se, Herr Helfer", sagt dieser, „do komm' i halt schwer drom nom ... — D'Eltere vo onserem Herr Jesus hent Josef ond Maria ghoiße ... — We-mr bedenkt: Josef ond Maria, zwoi so katholische Name! — Do könnt mr grad hentersennig drüber weare."

Der Franz läßt eine im Boden versenkte Kupferplatte von der Telegraphenleitung mitlaufen, „versilbert" sie und kommt wegen Diebstahl zum Verhör. – Amtsrichter: „Wie sind Sie zu diesem Gegenstand gekommen?" – Antwort: „Gfonde hao-n-e's, Herr Amtsrichter, nix wia gfonde." – Amtsrichter: „Aber hören Sie, man findet doch für gewöhnlich kein Kupfer im Boden." – Antwort: „O, Herr! Mr fendet iabott Metall em Bode, wenn mr grabt."

Bei einer Landtagswahl zwischen den beiden Kriegen steht ein Flaschnermeister als Kandidat auf der Liste. Ein Raup sagt zu seinem Freund: „Du, den Denger wähl i aber fei net; der hot mi emol saumäßig bschisse." – Auf den Hinweis des Freundes, der Betreffende sei doch ein ehrenwerter Mann, der bestimmt noch niemanden beschissen habe, erklärt der Raup lapidarisch: „Ond ob der mi bschisse hot! Bei dem hao-n-i emole e Blech mitlaufe lao ond des hot e Loch ghet.

Der Jakob braucht notwendig Geld. „Gang doch nuf en d'Anatomie ond verkauf dei Skelett", rät ihm der Gottlieb. – „Pfeifedeckel, do ben-e schao gwä", gibt der Jakob hinaus, „do wurd heuer au schao's Mature (Reifezeugnis) verlangt."

Bei der Krummen Brücke war ein Heuwagen umgestürzt. Lamentierend steht der Hannes dabei. Der Hemme, der vorbeikommt, beruhigt ihn und schlägt vor, auf diesen Schrecken hin zunächst einmal ein Glas Bier zu trinken; dann werde man mit vereinten Kräften den Wagen aufrichten. Aus dem einen Glas werden jedoch zehn. Vor jedem neuen Glas aber jammert der Hannes: „Oh, oh, was wurd au mei Vatter dazua sage?" – „Du mit deim saudomme Gejomer", meint der Hemme unwillig, „des mit dem Heuwage hätt deim Vatter schliaßlich au passiare könne!" – „Des isch jo grad", erwidert der Hannes, „narr, der leit doch dronter!"

Während der Arbeitslosigkeit beigt der Christian sein gespaltenes Holz an einem Tag auf die linke, am anderen Tag auf die rechte Seite der Haustüre. Darauf angesprochen, meint er verschmitzt: „Solang mr Ärbet hot, hot mr au z'esset!"

Der Hannes hat dem Frieder Rettiche gestohlen und begegnet diesem auf dem Heimweg. Der bewundert die schönen Früchte und fragt: „Sind das selbstgezogene Rettiche?" Antwort: „Jawoll, selbstgezogene."

Ein Fremder, der eben nach Tübingen kommt, fragt einen Gogen, wie er am raschesten zur Polizeiwache komme. Gog: „Do ganget Se noh zu sellem Schutzma na ond hauet Se'm oine ronter, noh send Se am schnellste uf dr Polizeiwach!"

Richter zu einem Gogen, der als Zeuge geladen ist: „Sind Sie vorbestraft?" — Gog: „Jawoll, Herr Amtsrichter!" — Dieser: „Warum?" — „Weil-e emol vor 30 Johr an're verbottene Stell badet hao." — Richter: „So, und seither?" — Gog: „Ja, seit-drher hao-n-e nemme badet."

Ein Schmied hat ein heißes Eisen vor der Schmiede liegen, ein vorbeikommender Gog will's mitlaufen lassen, verbrennt sich dabei aber bös die Finger. Der Schmied: „Nemm's no, Räuple, 's ghairt dei!"

Ein Apotheker auf dem Marktplatz wird häufig von Studenten verulkt. Einmal gegen 4 Uhr früh läutet's an der Hausglocke und auf die Frage nach dem Begehr verlangt ein baumlanger Student — umgeben von einer Freundesschar — für 10 Pfennig Bärendreck (Süßholz). „Büable, gang hoim und sag deim Vatter, es sei noh z'bald, d'Bäre häbet noh net gstallet", gibt der Apotheker hinaus und schließt das Fenster.

In der Wilhelmstraße wohnten früher in einem Haus der berühmte Chirurg Prof. Dr. Bruns, der katholische Theologe Prof. Dr. Enz und der nachmalige Bischof Hefele. Wenn nun die Besucher an den Glockensträngen läuten wollten, lasen sie auf den Schildern: Bruns - Enz - Hefele.

Der Sophie will es nicht recht einleuchten, daß sie die ihr gegen Ohrenweh verordneten Zäpfchen laut Rezept in den „Anus" und nicht in die Ohren stecken soll. Nachdem sie vom Apotheker diskret aufgeklärt wurde, meint sie: „Des hätt-i jetz au net denkt, daß dr Arsch noh en Spitzname hot."

Zu einem Zahnarzt kommt ein Gogenweib. Vor Schmerzen kann es die Tränen nicht zurückhalten. Um nicht als wehleidig zu gelten und um seine Schwäche zu rechtfertigen, meint es treuherzig: „Schao reacht, daß i so viel plärre muaß, noh muaß-e schao net so viel bronze."

In den Jahren nach 1945 ereignete es sich, daß ein französischer Besatzungssoldat von der Eberhardsbrücke in den Neckar fiel. Sein Hilferuf „au secours, au secours!" klang schaurig zur Brücke herauf. Ein Rettungsschwimmer stürzt sich mutig in die Fluten; ein vorüberkommender Gog aber beugt sich über das Brückengeländer und ruft dem verzweifelt um sein Leben ringenden Soldaten zu: „O Mändle, du hättest au gscheiter schwemme glernt statt französisch!"

Man schrieb das Jahr 1947. Von Verwandten aus Amerika kamen „Care-Pakete" auch nach Tübingen. Frau M. (Schwester der anonymen Herausgeber der „G.-W." von 1916 – Vgl. S. 8) hat leider noch keines bekommen und sagt zu ihrem Dienstmädchen: „Oh, Anna, daß mir au gar koin Lompe en dr Familie ghet hent, sonst tätet mir jetz au e Karepaket kriage!"

EIN GUTER SCHLUSS ZIERT ALLES

Es war etwa im Jahr 1898, als man auf den Österberg nur auf dem steilen Weg zwischen dem Dekanat und dem Hanskarle gelangen konnte. Ein Gog fuhr diesen Weg mit seinen mit zwei Kühen bespannten, vollbeladenen Mistwagen hinauf. Als er an die Wende – da, wo heute eine Treppe hinaufführt – kam, blieb er mit seinem Gespann stecken und brach in die Worte aus: „Wenn no a siadigs Donderwetter de-n Aisterberg en de Necker neischla' tät! – Maih sag i net."

Ein Student kann der Versuchung nicht widerstehen und macht sich „mundraubenderweise" über ein am Wege liegendes Beet mit saftigen Prestlingen (Gartenerdbeeren) her. Als er nach intensiver Kostprobe einmal kurz aufschaut, steht vor ihm ein Wengerter, der ihn offensichtlich schon geraume Zeit beobachtet hat. Erschrocken fährt er hoch und will „verduften". – „Noi, noi", beruhigt ihn der Mann freundlich, „lasset Se sich's no guat schmecke!" – Erstaunt und erfreut will sich der Student bedanken. – Der Gog aber winkt ab und bemerkt trocken: „Koi Ursach! Wisset Se, des Güatle do ond die Prestleng ghairet gar net mir. Dia ghairet meim Nochber, ond den kann i oms Verrecke net leide."

Die Frau Oberforstrat fragt auf dem Wochenmarkt nach Himbeeren. – Es seien keine mehr da, bemerkt ein Marktweib. Als sich die Kundin entfernt, wird ihr lautstark nachgerufen: „Do müaßet Se ihrn Arsch schao bälder lupfe, net airst am neune!"

„Was? Dem sei Jonger ist jetz au an dr Onifersität?!" – „Freile, der demonstriert schao em dritte Semester!"

Bei einer 40er-Feier unterhalten sich der Christian und der Frieder über ihren nicht anwesenden ehemaligen Schulkameraden Paul. „So, so", meint der Frieder, „zom Obersekretär hot-er's bronge, dr Paule, ond en Nürteng' leabter!" — „Jo, jo", bestätigt der Christian, „ond gheirot' ist-er au ond hot siebe Kender." — „Des sieht dem Bachel gleich. Noh hot-er's also älleweil noh wia domols en dr Schual." — „Wia moinst denn des?" will der Christian wissen. — Da trumpft der Frieder auf: „Ha, narr, fleißig ist-er gwea, aber ufpaßt hot-er nia."

In die Aula wurden neben Studenten auch einige „prominente" Raupen zu einem Diskussionsabend eingeladen. Ein bekannter Professor sprach über „das korrespondierende Nervensystem". Alles lauschte gespannt. Am Schluß des Vortrags wurde zur Aussprache aufgefordert. Nachdem einige Studenten überzeugt waren, andere jedoch Zweifel angemeldet hatten, meldete sich auch ein Raup zu Wort: „Herr Professer, i muaß Ihnen reacht gea. Letzthe hot's mi arg am Hentere bisse. Do hao-n-e me kratzt ond dabei wohl e Härle rausgrisse. Ond glei danoch send mr d'Auge übergloffe."

Der Märte hat sich an Kutteln, seinem Leibessen, überfressen und verkotzt die Küche. — „Net schempfe, Frieda!" entschuldigt er sich, „Kutterschaufel ond Kehrewisch hole ond zsammefeage! Heut obed machst se mr sauer! — — I will doch sehe, ob i dia net zom richtige Loch nausbreng!"

Zu vorgerückter Stunde zieht der Hannes den Heiner wegen seiner übermäßig langen Nase auf. „Mit so-eme Zenke tät i mi net onter d'Leut traue", meint er anzüglich. „Des ka schao sei", gibt der Heiner gelassen hinaus, „aber schliaßlich hao-n-e, wo d'Nase vertoilt worde send, eabe Pech ghet. Do send nämlich bloß no zwoi übrigbliebe gwea — de dei ond de mei. Ond do hot dr liabe Gott zua mr gsait: Nemmst besser dia do, de ander ist e Rotznas!"

Zwei Gogenweiber schimpfen und bruttteln beim Äpfelernten, daß der Baum so übermäßig hoch sei und man kaum herankomme. Als das Lamentieren nicht aufhört, wird es dem Frieder zu dumm. Er holt die Säge und sägt den Baum um. „So jetz könnet-er uire Äpfel zopfle", meint er trocken.

Ein Gogensprößling hat geheiratet. Voll Stolz führt das junge Ehepaar die Ahne (Großmutter) durch die fürs erste schon recht gut eingerichtete Wohnung. Als Glanzstück findet ein moderner Ausziehtisch besondere Beachtung. — „So, en Ausziehtisch ist des", meint da das alte Weib kopfschüttelnd, „mir hent ons emmer uf dr Bettkant' auszoge."

Im Gasthaus zum Pflug wird ein Gog von seinen Sangesbrüdern ob seiner übermäßigen Körperfülle gehänselt. Nichts desto trotz bestellt er sich eine überdimensionale Schlachtplatte mit der Bemerkung: „Was wöllet-er denn? — Übermorge werdet's grad drei Täg, daß i nix maih 'gesse hao."

Der August und die Sophie sind 50 Jahre verheiratet. Der Herr Dekan macht seinen Besuch und gratuliert. Beiläufig fragt er den „goldenen Hochzeiter" scherzend, ob er in dieser langen Zeit eigentlich nie daran gedacht habe, sich von seiner Sophie scheiden zu lassen. — „O, Herr Dekan, wo denket Se au na", meint da der August, „noi, an Scheidong hao-n-e nia denkt; i hätt mei Weib bloß e paar Mol am liabste z'taotgschlage!"

Ein Briefträger stürzt bei Glatteis am Lustnauer Tor unmittelbar vor dem Verkehrsschutzmann vom Fahrrad. Briefe und Postkarten werden weit über das Straßenpflaster verstreut. — „Geit's bei dr Post noh maih so Dackel?" fragt der Polizist herausfordernd von seinem Postament (Verkehrsturm) herab. — „Noi", gibt der Postler zurück, „i ben dr letzt. Älle andere send bei dr Polezei!"

In der Altstadt muß ein Stück Straße aufgegraben werden, da die Wasserleitung eingefroren ist. Einige Gogenweiber schauen zu und halten einen Schwatz. Da kommt ein bekannter Arzt vorbei und meint: „Standet no net gar so lang en dere Kälte rom, sonst gfriert euch euer Wasserleitong am End au noh ei!" — Darauf eines der Weiber: „Oh, Herr Dokter, do hot's koi Gfohr, de onser ist guat eigmacht, aber de uier hangt en dr Luft!"

Ein Schutzmann kommt dazu, als sich die Sophie, ein korpulentes Gogenweib, am hellen Tag in einen Winkel in der Rathausgasse stellt, die Röcke hebt und unbekümmert ihr Brünnlein fließen läßt. Vom „Auge des Gesetzes" wegen „Erregung öffentlichen Ärgernisses" zur Rede gestellt, macht sie geltend, daß es eben „arg pressiert" und sie sich nicht mehr anders zu helfen gewußt habe. Nun, der Schutzmann ist kein Unmensch und hat ein Einsehen; was er jedoch nach wie vor beanstandet und als „Beleidigung der Staatsgewalt" auffassen zu müssen glaubt, ist die unwiderlegbare Tatsache, daß die Sophie zu guter Letzt noch einen gewaltigen Furz hat streichen lassen. — „Oh, Herr Wachtmeister, hent Sia en Ahnong!" gibt das Gogenweib hinaus, „Ihr Mannsleut, freile, ihr hent's guat, ihr könnet de letzte Tropfe a(b)schlenkere, mir Weibsleut aber müaßet-en a(b)blose!"

Funzelt da in tiefer Nacht auf dem Tübinger Marktplatz ein Studiosus mit einer Laterne das Kopfsteinpflaster ab. Auf die Frage eines Schutzmanns, was er denn da suche, antwortet er: „Fünfzig Mark!" — Nun, der Polizist ist nicht so und beteiligt sich an der Suche. Als die 50 Mark jedoch nach einer guten halben Stunde noch immer nicht gefunden sind, fragt der Schutzmann den Musensohn, wo er denn eigentlich das Geld verloren habe. — „Was heißt verlore?" bemerkt da der — ausnahmsweise einmal schwäbische — Student trocken, „i suach doch bloß ois!"

Ein Bub wirft einen Stein gegen das Portal der (evang.) Jakobuskirche. – „Aber, aber, das macht man doch nicht, Kleiner", ermahnt ihn eine Passantin. – Darauf der Bub: „Goht me nix a', i ben katholisch!"

Eben in der Jakobuskirche redet der Pfarrer seiner Gemeinde ins Gewissen mit dem Bibelwort „Und wenn ihr nicht in euch gehet, wird eine große Dürre über euer Land kommen." Darauf raunt der Hannes seinem Nebensitzer zu: „E kloine Dicke wär mr liaber!"

„O Herr Dekan, mit meim Bua ist au gar nix", klagt der Emil, „i glaub, il laß-en Theologie studiere."

Die Rosa kommt zu Besuch zur Frieda und wundert sich, daß diese am vierten Advent bloß zwei Kerzen angezündet hat. „Gscheitle", bemerkt die letzere, „narr, spare muaß mr! Siehst denn net, daß e dahenter en Spiagel nagstellt han."

Eines Abends begegnet die Frau Professor in der Stadt ihrer früheren Putzfrau, die sie jedoch in der Dämmerung nicht erkennt. „Guten Tag auch, Frau Waiblinger", bemerkt da die Frau Professor scherzend, „nur nicht so stolz; kennen Sie mich denn nicht mehr?" – Da entgegnet das Gogenweib treuherzig: „Nix für aoguat, Frau Professor, i hao Se wirklich net gsehe. Wisset Se, em Donkle send halt älle Küah schwarz."

Der schon reichlich angeheiterte Helm zum Frieder: „De wirst doch hoffentlich net behaupte wölle, is sei e Saufbold?" – Frieder: „Noi, sell grad net, aber wenn i e Flasch Schnaps wär, möcht i mit dir net lang alloi sei."

Gottlob: „Kerle, du host jo e Gsicht wia mei Arsch!" Christian: „Zoig her?"

„Den allbachene Wecke do, ka'st selber fresse", beschwert sich der Frieder beim Wirt, „i will oin vo *heut!*" Da brummt der Wirt: „Noh muaßt scho *morge* wieder komme!"

Bei einem heftigen Wortwechsel nennt ein bornierter Student einen reichlich beschwipsten Gogen einen „besoffenen Kerl". – Darauf der Gog: „O Kerle, narr mei Rausch, der vergoht, aber du, du bist e saudommes Rendviech – ond des bleibst für emmer."

Ein hochnäsiger norddeutscher Student bestellt in einer Altstadtwirtschaft einen Doppelliter Bier – „aber bitte in einem Gemäß, aus dem zuvor noch kein Gage getrunken hat." – Da kredenzt ihm die Wirtin seinen Gerstensaft in einem Nachttopf.

„Sag emol, Gottliab, raucht eigentlich dei Gaul?" fragt der Christian. – „Saudomms Gschwätz, saudomms", braust der Gottlieb auf, „was wird mei Gaul rauche, i glaub du spennst." Darauf seelenruhig der Christian: Noh brennt dei Stall!"

Ein bekannter Tübinger Anatom hatte im Hörsaal die Attribute der Männlichkeit an die Tafel gezeichnet. Da er diese Zeichnung bis zur nächsten Vorlesung erhalten wissen wollte, schrieb er darunter: „Bitte stehen lassen!"

Ein Gogensprößling sitzt neben seinem Schatz im Kino. Da stößt sie ihn mit dem Ellbogen an und fragt: „Sag emol, Heiner, was denkst du jetzt grad?" – „'s gleiche wia du, Mariele", flüstert er ihr zärtlich ins Ohr. – „Hano", entrüstet sich das Mädchen, „so ebbes denkt mr doch net vor de Leut!"

Ein Gog überrascht im steilen Treppenaufstieg seines Wengerts ein leidenschaftlich umschlungenes Liebespaar. – Geistesgegenwärtig fragt der Kavalier den schmunzelnden Gogen: „Ach bitte, lieber Mann, geht es hier vielleicht nach Hagelloch?" – Darauf der Gog: „Jo, aber net durch d' Leut durch!"

Ein Liebespaar kommt gerade dazu, als der Gockeler eine Henne tritt. „Was isch, Klärle, wöllet mr's dene zwoi heut obed nochmache'?" fragt der Peter keck. – „Frechdachs, du", gibt das Klärle hinaus, „vo mir aus ka'st mit mr mache, was de witt, aber uf de Kopf picke' laß i mi fei' net!"

Ein 17jähriges Mädchen aus Tübingen ist zu einer Doktorsfamilie auf der Alb eingeladen und bringt dem Onkel Doktor die „G.-W." mit. Bei der Familie hat sie mit diesem Reisepräsent einen durchschlagenden Erfolg. Die ganze Familie lacht schallend. Schließlich meint die Frau Doktor: „Aber Klärle, Du wirst doch hoffentlich dia Witz net au glese han?" – Schlagfertig antwortet das Mädchen: „De wüaste hao-n-i rausglasse!"

GOGE'-WITZ

Se lent sich net an Karre' fahre'
als gsonde, hagebüachne Raß.
Wer mit gstudierte Brocke' a'geit,
der fendt sein Moister! – Wette', daß . . .!

Denn sticht halt onterm Kappe'dächle
en Goge' gschwend dr Wonderfitz,
guat Nacht am Sechse, noh geit's Zonder!
Ond fertig ist dr „Goge'-Witz".

„Nanu, nanu", moint e Studentle,
„was sind denn das für Sitten hier?" –
„Ois", moint dr Gog, „des merk dr, Mändle:
de-n-Arsch putzt jeder mit Papier!"

H.-E. Sch.

DER GEHALT MACHTS